Maria Rita Parsi

ABFALL

Marco und Maria, zwei Jugendliche aus dem Großstadtghetto, erzählen ihre Geschichte

Aus dem Italienischen
von Pieke Biermann

Mit einem Nachwort
von Pieke Biermann
und Marina Cattaruzza

Rowohlt

Die Originalausgabe erschien 1978
unter dem Titel «Lo scarico.
Ovvero le radici della devianza:
storia-analisi di Marco e Maria,
adolescenti ‹diversi›
del ghetto metropolitano»
bei Savelli in Rom
Umschlagzeichnung von Pablo Echaurren
Umschlagtypographie von Manfred Waller

1. Auflage August 1979

Gesamtherstellung Clausen & Bosse, Leck
Printed in Germany
ISBN 3 498 05236 5

Inhalt

Vorbemerkung der Übersetzerin

Settebagni, Settecamini, San Lorenzo und San Basilio sind einige der berühmteren römischen *borgate*.

Parioli und Villa Borghese sind zwei feine und teure römische Stadtteile, in denen die Reichen und Mächtigen wohnen.

EUR ist ein von den Faschisten als Kongreßgelände erbauter Stadtteil.

Die Stazione Termini, das Kolosseum, Lungotevere, die Prenestina sind bekannte Straßen oder Plätze für weibliche wie männliche Prostitution, sie sind unter anderem aus Filmen von Fellini, Pasolini und Ettore Scola geläufig.

Das gilt auch für das *Ambra Jovinelli*, einen Vergnügungspalast.

In einer *borgata* wie San Basilio gibt es zwei Orte, an denen vor allem die Jugendlichen sich treffen: die Bars und die Kirchengebäude, die zum Teil den Charakter von Jugendzentren haben und in denen wenig rein Religiöses oder Kirchliches passiert. Die progressiven Priester organisieren zum Beispiel Sportvereine und andere Freizeitbeschäftigungen, um die Jugendlichen von der Straße und vor allem von den Bars fernzuhalten.

Für meine Mutter,
für Emiliana Mazzonis,
für Salvatore Lener

Einführung

«Bauern, Bewohner von Barackenvororten, alle diejenigen, die seit Generationen nur als Untertanen angesehen werden, sind nicht nur Gefangene reaktionärer und stumpfsinniger Traditionen und Konditionierungen: Sie sind Individuen, die gerade in ihrem psychologischen Vermögen gemindert und entgleist sind, und zwar auf Grund unzureichender Ernährung, schlechter Gesundheit, vor allem aber auf Grund der durch das Elend hervorgerufenen, alltäglichen Demütigung und Kälte, des ewigen Einerleis eines Lebens, das immer arm war an Bildern, Wörtern, Ideen, Wahlmöglichkeiten und Gelegenheit zur Kritik und deshalb voller undurchsichtiger Gewalt, Unterwerfung, Angst. Wir haben in den letzten Jahren festgestellt, daß die psychiatrischen Anstalten mit solchen Leuten überfüllt sind; daß die armen Bauern bereits als Kinder in der Schule versagen und daß Sonderschulen, therapeutisch-pädagogische Institute und kirchliche Asyle Klassenghettos sind; daß in den Bergen, in den armen Landstrichen, in den großstädtischen Elendsquartieren eine nahezu universelle Situation von psychologischer Gefährdung, Frustration, Angst herrscht; daß sich, sobald sich die Gefährdung verschärft, alles summiert, um jemanden in die offene Unterdrückung, in die Kategorie des Krankhaften, in die organisierte Randständigkeit zu treiben.»

Ich unterhalte mit Marco und Maria seit zweieinhalb Jahren eine «Arbeits- und Tauschbeziehung». Ich habe sie in der *borgata* kennengelernt. Ich arbeite seit etwa acht Jahren als Mitarbeiterin einer Kulturkooperative in den *borgate* an der Peripherie Roms. Es sind düstere Einöden, was bildliche Reize wie Momente des Zusammenhalts betrifft: ohne Baugenehmigung errichtete Häuser zum Schlafen, Mietskasernen des sozialen Wohnungsbaus, faschistische Wohnblöcke, die uralten Plagen wie Verstädterung, Vorurteile, Weihwasser, Hammer, Sichel, böser Blick, schlechtes Leben.

In diesem Humus schlagen die Codes und die Kultur von Massenmedien, Fotoromanen und Filmen Wurzeln, die «Englischen Cousinen», die «Pom-Pom-Mädchen» und «Rom unter Waffen». Wohlstandsmythen und Knoblauch zur Abwehr böser Geister, Prostitution und ländlich-sittliche Bigotterie, die jungfräuliche Ehefrau und der aufstrebende Mann, Diebstahl und Drogen, Gefügigkeit für die Ausbeutung und Organisierung des politischen Kampfes (mit der KPI und linken Avantgarden, Basisgruppen und feministischen Kollektiven an der Spitze): alles wie in einem Schmelztiegel, aus dem, einfach und dennoch komplex, die Existenz- und Ausdrucksformen zerfallener und an den Rand gedrängter Lebenszusammenhänge entstehen und geschaffen werden. Mögliche Bezugspunkte, mögliche Orte für einen Zusammenhalt sind die Ortsvereine der politischen Parteien, Kirchengemeinden, Bars, Schulen.

Maria habe ich in der Schule getroffen.

Nach sieben Jahren Sonderschulzweig und vier Jahren Mittelstufe ist sie der «Fall» der Schule. Sie wird beargwöhnt und zurückgestoßen, aggressiv behandelt, beleidigt, und sie hat das Vorrecht der Freiheit, von zu Hause fort zu dürfen, nicht lernen zu müssen, aus dem Unterricht hinausgehen, wieder hineinkommen und die anderen stören zu dürfen.

Alle Lehrer kennen sie . . . oder haben anscheinend sogar Angst vor ihr.

Sie wirkt wie ein Junge, kurze Haare, enge Hosen, kein Busen, und ist hinter den Mädchen her, sie hängt auch sehr an einigen «Lehrerinnen», den schönsten. Sie zankt sich mit den Jungen, wütend, mit fiebernden Augen, und weicht vor keiner Faust, vor keinem Tritt, vor keinem Nahkampf zurück. Ihre Stimme ist scharf und derb, sie raucht eine Zigarette nach der anderen, immer die Beine leicht gespreizt.

Als unser Experiment mit einem Fotolabor in ihrer Schule anfängt, besteht ihre einzige Teilnahme zunächst nur darin, zu stören und zu provozieren.

Die Begegnung mit mir nimmt sie als Gelegenheit für eine Show: Sie tanzt wie eine Verrückte mitten im Klassenzimmer herum, kneift zwei Mädchen in den Po, rülpst, steckt sich mehrmals ganz schnell den Finger tief in den Hals und erbricht sich fast; sie singt und flucht jedesmal, wenn jemand sie ersucht aufzuhören; sie reagiert gewalttätig, mit Stößen, Tritten und Spucken, als ein paar Jungen versuchen, sie zu bremsen. Schließlich tobt sie brüllend durch das Labor.

Die Reaktion der anderen ist anscheinend gewohnheitsmäßige Indifferenz, gelangweilte Gestörtheit, Resignation. Die zwei anwesenden Lehrkräfte greifen nur verbal ein und rufen zu Ruhe und Schweigen auf. In Wirklichkeit, wenn auch nicht offen, sind die Kommentare der Jugendlichen über Maria sehr hart: «Die Sau, die blöde Kuh, die ist nicht ganz echt im Kopf, besessen, die Lesbe, die Nutte . . .»

«Die sollten sie rausschmeißen . . .»

«Die soll nicht in der Schule bleiben . . . die ist ein Skandal!»

«Sie gehört in die Klapsmühle!»

Einige vorsichtige, sensible und gewerkschaftlich organisierte Lehrkräfte an der Schule dagegen sind sehr neugierig in bezug auf Maria. Aber ihnen fehlt das Handwerkszeug, das notwendige Wissen, das ihnen erlauben könnte, auf jemanden, der «anders» ist, weder frömmelnd noch sentimental-romantisch noch bloß fürsorgehaft zuzugehen.

Ich habe Gelegenheit zu langen Gesprächen mit dem Geistlichen Don Attilio, der CGIL-Mitglied ist, mit zwei Italienischlehrerinnen, die ebenfalls gewerkschaftlich aktiv und seit Jahren in der Schule «verankert» sind, und mit einer erst vor zwei Wochen dazugekommenen Vertretung für den Zeichenunterricht, der Lehrerin Pigabianca, für die Maria bereits eine krankhafte Zuneigung demonstriert hat.

Die Tatsache, daß die sehr zierliche, sanfte, schwangere Lehrerin Pigabianca es schafft, zu Maria in eine «mögliche»

Beziehung zu treten, wird Gesprächsstoff einiger unserer Begegnungen, zu denen wir uns außerhalb der im Experiment vorgesehenen fotografischen Belange im Labor treffen. Ich gebe der betreffenden Lehrerin den Rat, in ihrem eigenen Interesse offene Nachgiebigkeit gegenüber Maria zu vermeiden, da diese bereits gegenüber den anderen Lehrern und den Schülern damit angibt, daß die Lehrerin Pigabianca sie duzt, keine Bemerkungen darüber macht, daß Maria den Finger in den Mund steckt, daß sie bei ihr kommen und gehen darf, wann sie will, und rauchen, sich exhibitionieren und fluchen darf.

Nach vierzehn Tagen erklärt Maria tatsächlich, sie «liebe» die Lehrerin und die Lehrerin käme deshalb gut mit ihr zurecht, weil sie auch eine «Schwäche» für Maria habe . . . Schließlich belästigt sie sie per Telefon, bringt ihr Blumen und in der Bar gestohlene Bonbons mit und reagiert sehr gereizt, wenn die mit ihrer Arbeit beschäftigte Lehrerin ihr nicht ihre ganze Zeit widmet und ihren Selbstdarstellungen keine Aufmerksamkeit zukommen läßt.

Sie treibt es soweit, die Tasche der Lehrerin nach Zigaretten zu durchwühlen, sie wüst zu beschimpfen, und hält ihr vor, die Lehrerin habe ihr Zutrauen mißbraucht, sei ihr gegenüber nachgiebig gewesen, sei unfähig, die Disziplin in der Klasse aufrechtzuerhalten, und habe sich zu Marias Komplizin gemacht, indem sie deren Verhalten tolerierte. Ein äußerst gewalttätiger Zwischenfall endet nach einem kurzen und verzweifelten Vorwurf von seiten der Lehrerin damit, daß Maria versucht, sie zu schlagen: «Dir gönn ich ne Fehlgeburt!» schimpft sie. «Du kriegst von mir so n Tritt, daß du ne Fehlgeburt hast . . .» droht Maria im Verlauf dieser Krise.

An dieser Stelle beginnt unsere «Arbeits- und Tauschbeziehung». Noch am selben Tag mache ich während des Fotolaborkurses der Gruppe von Schülern, zu denen auch Maria gehört, den Vorschlag, eine Fotogeschichte[1] herzu-

1 Die Dekodifikation sieht das Auseinanderschneiden und die Analyse eines Fotoromans und die Ex-novo-Realisation einer Foto-

stellen, die den einige Stunden zuvor passierten Zwischenfall als «Thema» verwendet. Hauptpersonen sollen die Schüler selbst, die Lehrerin und natürlich Maria sein. Der Vorschlag stößt sofort auf Interesse.

Maria ist überrascht, aber auch sehr glücklich. Die Aufmerksamkeit um sie herum, die gleichzeitig kritisch und kreativ ist, ist anders als die feindselige Aufmerksamkeit, von der sie immer umgeben war. Mit Hilfe dieser Aufmerksamkeit verwandeln sich der Zwischenfall und Marias persönliche Geschichte in etwas «anderes», Objektives, das den anderen bekannt und ihr selbst verständlich wird. Etwas, das «definiert» wird durch ein Thema, einen Dialog, eine Didaktik, Fotos, durch die Umgebung und den Rahmen einer Fotogeschichte!

Ich will hier nicht lange über das Experiment erzählen, es ist an anderer Stelle ausführlich geschildert worden.[2] Ich will lediglich berichten, daß sich Marias Verhalten während der Realisation der Fotogeschichte allmählich leise veränderte. Sie hatte in uns, in der Arbeit, die wir machten, einen neuen Bezugspunkt gefunden.

Insbesondere mit mir wollte sie eine dauerhafte «Arbeits- und Tauschbeziehung» in Verbindung mit meinem Fach eingehen, an dem sie offensichtlich das Neue und die Möglichkeiten schätzte, die es ihr bot, damit sie sich selbst besser kennenlernte und mit Hilfe einer möglichen «Interpretation» die Fassungslosigkeit überwinden konnte, die sie am Ende einer jeden Krise auch angesichts der verzweifelten Reaktion der anderen befiel.

So verabredeten wir, uns zweimal wöchentlich bei mir zu Hause zu treffen, gemeinsam über ihre Probleme und meine Arbeit zu sprechen und diese Dialoge auf Tonband aufzu-

geschichte vor: Thema, Handlung, fotografische Durchführung und Wanderausstellung des realisierten Experiments.

2 Das Experiment mit dem Fotolabor wird ausführlich geschildert in *L'Alfabeto degli interessi*, Guaraldi 1978.

nehmen, um sie danach gemeinsam anzuhören und die gesagten Sachen zu reflektieren. Maria wollte auch ein Tagebuch mit Zeichnungen und Geschriebenem führen, das ihre vergangene Geschichte, die täglichen Ereignisse und ihre Träume aufzeichnen sollte.

«Es ist eine Abstraktion, über klinische Fälle zu sprechen, solange man nicht klärt, woher diese Personen kommen und welche Probleme die anderen haben, die nicht als ‹Fälle› etikettiert werden, und ebenso ist es ambivalent, über die psychologischen Probleme des einzelnen in der Familie zu berichten, wenn man nicht gleichzeitig die zwischenmenschlichen Beziehungen innerhalb der Familie, insbesondere der proletarischen, und ihr Verhältnis zur gesellschaftlichen und historischen Situation einer Untersuchung unterzieht und die eigene Anschauung und das eigene politische Urteil angesichts solcher vorherrschenden Stereotypen und familiären Rituale kundtut.»

Zwei Wochen nach dem Beginn dieser «Arbeits- und Tauschbeziehung» begab ich mich zu Maria nach Hause, um ihre Eltern kennenzulernen. Ich wurde schlicht und warmherzig aufgenommen . . . Ich war betroffen, wie gut Marias Beziehung zu ihrem Vater war und mit welch resigniertem Leiden Marias Mutter ihren «Fall» betrachtete. Die ältere Schwester und die Tante waren im Gegensatz dazu heftig gegen sie eingenommen.

Bei meinem dritten Besuch befragte ich, mit Rosaura Giovanettis und Dario Bosis Hilfe, Marias Eltern über ihre Geschichte und die Geschichte ihrer Familie. Das Leben von Marias Eltern und Großeltern «aufzugreifen», war im Hinblick auf die Arbeit, die ich mit ihr entwickeln wollte, unabdingbar. Ich nahm deshalb diese Aussagen auf Tonband auf und entschloß mich, sie zu einer Erzählung umzuschreiben: Ich stellte sozusagen «meine Feder» zur Verfügung. Ich habe immer geschrieben, es ist beinahe mein Beruf.

So entstand *Das Schweinetreiben*.

Während sich die dialogartige Beziehung zwischen mir und Maria entwickelte und Gestalt annahm, geschah etwas, das die Arbeit und den Austausch, die wir miteinander ausprobieren wollten, erweiterte und teilweise veränderte.

Maria fragte mich –, und ich sagte zu –, ob sie mir Marco vorstellen dürfte, er war ein Freund von ihr, fast ein Verwandter, «. . . die Rinaldis und die Spadaros hielten nämlich zusammen wie Pech und Schwefel», und ihm «ging es noch viel schlechter als ihr . . .»

Marco tauchte bei mir zu Hause auf mit leicht geschminkten Augenlidern und reichlich viel Wimperntusche. Er war sechzehn und tippelte mit zusammengekniffenen Beinen, wie jemand, der gerade im Begriff ist, ins Bad zu gehen, lachte dauernd gezwungen, als hätte er Reizhusten, und redete äußerst locker. In einem plötzlichen Wortschwall schilderte er mir alle seine «Fälle», es war ein Selbstgespräch, ein «Beichttrieb».

Er sagte, in der *borgata* würden er und Maria links liegengelassen und wären Zielscheiben für jedermanns Spott. Deshalb war er oft mit Maria zusammen, und es ging ihnen gut miteinander, denn sie «. . . verstanden sich gegenseitig».

Er wollte mich kennenlernen, weil Maria immer von mir erzählte und weil er auch gern arbeiten wollte, er wollte sich ändern und sich nicht mehr vor allen «entblößen». Dann kam er zur Sache, nämlich daß er schon lange Tagebuch schrieb und sogar zeichnete, und legte mir vier engbeschriebene Hefte mit sauberen Zeichnungen vor.

Maria für ihren Teil befürwortete, daß Marco in unsere Arbeit integriert wurde. Es war unmöglich abzulehnen: Dies war Marias erster und womöglich einziger Freund.

Ich bat Marco, mich seiner Familie vorzustellen. Zwei Tage später rief mich seine Mutter sehr aufgeregt und mißtrauisch an. Ich verabredete mich für den nächsten Tag mit ihr, aber zur verabredeten Zeit erschien nur ihr Mann. Aus der anfänglichen Feindseligkeit und der Härte, mit der wir aufeinanderprallten, wurde im Verlauf des Dialogs allmählich ein flehentlicher Hilferuf.

Gewiß, Marco war schon als kleiner Knirps so gewesen, aber der Vater war ganz sicher, daß er ein «Mann» war und alle entsprechenden Merkmale hatte! Wer weiß, vielleicht war es Schüchternheit, vielleicht «schlechter Einfluß», irgendeine Angst, wer weiß ... Auf jeden Fall mußte man dem «Kleinen» den richtigen Weg weisen, damit er nicht auf die schiefe Bahn kam, man mußte ihn untersuchen, ihm vielleicht sogar Spritzen geben lassen ... Ich sollte doch das Notwendige tun, und Gott sollte mich erleuchten ...

Ich lud Marcos Vater ein, zusammen mit seiner Frau wiederzukommen, und bat ihn, mir alles mitzubringen, was er finden konnte an Notizen über Marcos Kindheit und über alles, was die Geschichte seiner Familie väterlicher- wie mütterlicherseits betraf.

«Wir sind anständige Leute, das können Sie mir glauben!» Marcos Vater war betrübt.

Also erklärte ich ihm den Grund für meine Bitte und auf welche Weise wir arbeiten und uns Wissen aneignen wollten. Er ließ sich überzeugen, beruhigte sich. Meine «Feder» stand noch immer zur Verfügung.

So entstand *Die Blutfabrik*.

Die Idee, ein Buch zu machen, das zu einem Teil individuell (als romanartige, von Gefühl durchsetzte Chronik, *Das Schweinetreiben* und *Die Blutfabrik*, in Erzählung verwandelte Augenzeugenberichte) und zum anderen Teil kollektiv geschrieben ist (Ausarbeitung der Monologe, Tagebücher und Interviews, Rekonstruktion dessen, was Marco und Maria während ihrer Kindheit und Jugend erfahren haben), entfaltet sich und gewinnt Tag für Tag mehr an Gestalt.

Das fertige Produkt schließt die Entfremdung des analytischen Geschehens aus. Marco und Maria spüren, daß ihre Geschichte nützlich ist, daß das, was sie erlebt haben, historisch bedingt ist, Wurzeln hat und anderen als Instrument dafür dient, Kenntnis zu erlangen und zu vertiefen. Das ist die Bedingung für die Entmythologisierung der Information.

Ich spüre, daß meine Vermittlung nützlich und daß auch Vermittlung ein Instrument ist. Deshalb habe ich an der Stelle mit meiner Erzählung aufgehört, an der Marcos und Marias Erzählungen in der ersten Person beginnen

Maria Rita Parsi

Abfall

Das Schweinetreiben

Das Schweinetreiben in Settebagni brachte ihm eine Menge ein, obwohl er Kommunist war und trank. Nestore hatte eine Frau und acht Kinder. Settimio, der Älteste, stand jeden Morgen früh auf und ging aus dem Haus.

Es war noch ganz dunkel, und die Luft roch nach Nacht und Kohl.

Im Stall spannte er das Pferd vor seines Vaters Karren, versorgte das Vieh und sammelte die Abfälle von ganz San Lorenzo.

Um halb neun ging er zur Schule, und jeden Morgen setzte es Schläge mit dem Stock auf die Hände. Der Lehrer verlangte, daß die Jungen die faschistische Balilla-Uniform trugen.

Aber jedesmal, wenn Settimio darum gebeten hatte, war sein Vater in Wut geraten, hatte nein gesagt und ihn seinerseits verprügelt. Schließlich kaufte Settimio ohne sein Wissen, aber im Einverständnis mit der Mutter die Uniform doch. Bevor er die Schule betrat, zog er sie über seine kurze Hose und das Hemd aus einem Baumwollgemisch. Er schwitzte furchtbar, aber es war eine Befreiung.

Er stellte verwundert fest, daß daraufhin das alltägliche Ritual der Stockschläge auf die Hände ausblieb, und mit ihm jener Moment der Aufmerksamkeit, der ihn als «anders» brandmarkte, als schlechter als die anderen, als diese Klasse in Balilla, die stumm und ironisch die Kasteiung mit ansah.

Und schließlich war so eine Uniform verdammt nötig bei einem Vater wie Nestore . . .!

«Lauf, Settimio, sie haben deinen Vater verhaftet!»

Seine Mutter schrie, weinte, und Settimio, inzwischen gekleidet wie die faschistische Vorhut, ging ihn zurückholen.

Er hatte viele Locken und war so ein netter Junge, daß alle ihm zärtlich gesinnt waren. Sein eines Auge war weiß und blind seit dem Unfall mit der Zwille . . . Alle hatten ihn gern, eingeschlossen die Gefängniswärter.

«Settimio, bring du deinem Vater bei, daß er die Partei wechseln soll . . .»

Settimio hob schweigend die Schultern und antwortete schließlich: «Wenn er Kommunist ist, wie soll er sich ändern? Er ist anders als ihr!»

«Ach hör doch auf . . . Will er vielleicht nicht Arbeit für alle? Das Wohl des Volkes? Achtung gegenüber dem Vaterland? Seine Frau zu Hause? Geschützt? Mit seinen Kindern?»

«Jaja . . . das schon!»

«Na also, und?»

«Er denkt, daß ihr ‹in der Praxis› anders seid als das, was ihr mit Worten sagt.»

«Paß mal auf, Settimio, anders zu sein ist ein Fehler . . .»

«Settimio», sagte seine Mutter, «paß auf deine Schwestern auf! Dein Vater ist Kommunist . . . so was spricht sich schnell rum . . .»

Settimio begleitete sie also zum Tanzen, gekleidet wie ein junger Faschist, aber er brachte es nicht übers Herz, das Großmaul zu spielen und über Krieg, Tod, Mut, Männlichkeit und Schwänze zu reden wie gewisse andere Jungen.

Einmal, als vom Krieg die Rede war, entschlüpfte ihm: «Ich würde nicht gehen!» Er hatte deswegen einen Boxkampf zu bestehen, entschuldigte sich schließlich, nahm den Satz zurück, aber von jetzt an war er von Mißtrauen umgeben. Gewisse Leute aus dem Viertel allerdings, die die Faschisten tödlich haßten, beschützten ihn jetzt und vertrauten ihm Geheimnisse an. Wenn er vorbeikam, hellten sich gewisse verschlossene, finstere, unzufriedene Gesichter auf, wurden gewisse Fäuste, etwa in Hüfthöhe, energisch geballt. Nicht erhoben, versteht sich!

Er lernte, daß es ein Zeichen des Nichteinverständnisses

war, wenn er sich einen dichten, gepflegten, langen Schnauzbart oben in die Mundwinkel wachsen ließ, eine Hoffnung . . . «Stalin ist ja auch noch da!»

Bei einem Silvesterball, im neuen und gleichzeitig letzten Jahr des faschistischen Zeitalters, lernte er die bläßliche, magere Nella kennen. Ihre roten, aufgesprungenen Hände steckten fest zusammengepreßt in weißen Wollhandschuhen, sie trug ganz hohe und richtig neue Schuhe und gestopfte Strümpfe und hatte ein schönes Lächeln und schöne Augen.

Sie besaß eine Zwillingsschwester, die ihr wie ein aufgescheuchter Hund am Rockzipfel hing: mit trüben Augen, epileptisch, heimtückisch.

Nella hatte gleich am ersten Abend alles erzählt: «Mein Vater trinkt, schlägt meine Mutter und gibt ihr keinen Pfennig . . .»

«Mein Vater trinkt und redet dauernd über Kommunismus, er ist eine Gefahr . . .»

«Meine Mutter geht arbeiten, denn mein Vater bringt ja nichts nach Hause. Sie läßt Saft und Kraft bei den Juden. Sie wäscht für alle und kommt abends spät nach Hause.»

«Meine Mutter ist zu Hause, denn wir sind acht Kinder. Mein Vater ist Schweinetreiber in Settecamini . . . Ist kein dickes Geschäft, aber wir leiden keine Not.»

«Wir sind sieben – sechs Mädchen und ein Junge. Jetzt, wo wir arbeiten gehen, geht's uns besser. Vorher war es hart: Bohnensuppe zum Frühstück, zu Mittag, zu Abend und wieder zum Frühstück.»

«Was arbeitest du denn?»

«Früher war ich Dienstmädchen, seit meinem achten Lebensjahr, immer bei derselben Familie. Er ist Professor, sie schreibt. Jetzt habe ich eine Stelle bei Brera gefunden . . . ich bin Arbeiterin. Und du, was machst du?»

«Ich passe auf die Schweine auf, versorge sie, mache Geburtshilfe bei den Sauen . . . Ich kann das gut, ich kann gut verkaufen, ich verdiene mehr als meine Brüder . . .»

«Verstehst du dich gut?»

«Mit meinen Brüdern? Es geht.»

«Mir macht meine Schwester zu schaffen. Sie rennt auf die Straße, legt sich mit allen an, prügelt sich, teilt aus, steckt ein. Abends kommt Mama nach Hause, und die Leute erzählen ihr, ich bin an allem schuld. Also wird meine Mutter wütend auf mich und haut mich windelweich. Sie verwechselt uns nämlich auch, wir sind Zwillinge! Aber Rosa ist krank. ‹Zu viele Nerven›, sagt der Arzt, ‹zuviel Wein!›»

«Wer? Deine Schwester?»

«Nein, mein Vater. Und ich krieg sie nie vom Hals. Sie kommt immer hinter mir her, tratscht, neckt mich, macht mich verächtlich . . . Das ist wirklich ein Unrecht, eine Verfolgung!»

«Ach was, du weißt doch noch gar nicht, was Verfolgung ist! Wir zum Beispiel, wir haben keine Zwillinge in der Familie . . . die Faschisten reichen schon!»

Settimio bat Nellas Mutter sofort um die Hand ihrer Tochter.

«Ich heirate sie, und sie wird nichts entbehren.»

Sora Vera, die Mutter, konnte nicht einmal lächeln angesichts dieses Satzes. Er kam ihr vor wie eine Beleidigung.

«Sie wird entbehren wie alle Frauen, und solange sie nicht verheiratet ist, wird sie arbeiten. Hier müssen alle arbeiten!»

Nellas Vater hatte auch endlich Arbeit gefunden, er ging zu Innocenti, als Arbeiter. Am Abend vor seinem Antritt in der Fabrik trank er sich einen Rausch an, weinte und verwünschte alles: «Ich bin Tischler, ich mache Schränke, Stühle, Kommoden, ich mache Särge . . . Lieber will ich mir einen Holzsarg zimmern! Ich will da nicht eingesperrt sein! Ich bin Handwerker! Ich habe Gold in den Händen! Ich spucke auf die Fabrik!»

Aber er hatte nicht mehr genug Zeit, um darauf zu spukken, denn drei Monate später wurde die Fabrik bombardiert, und er blieb unter den Trümmern, in einem Sarg aus Eisen und Zement.

Sora Vera nahm es nicht sehr schwer. Sie weinte wenig

und machte kein Drama daraus. Nur ihr Gesicht war bitter. Nicht einmal in der Fabrik hatte er durchgehalten!

Als eine Woche später San Lorenzo und Settimios Haus bombardiert wurden, glaubte Nella, sie müßte verrückt werden: das Schicksal, ein Fluch, Hexerei, unseliges Geschick! Aber Settimios Haus war nur gemietet, es gab weder Verletzte noch Tote, und so übersiedelte die vertriebene Familie Rinaldi mit Nestore an der Spitze in das Haus von Sora Vera in San Basilio, einer *borgata*, die auf das Konto des Faschismus ging.

Prostituierte, Diebe, subversive und unter Polizeiaufsicht stehende Leute, eine kranke Oase, eingefriedet von Äckern und mit einer Garnison Soldaten ausgestattet.

Nestore fühlte sich wohl, konnte trinken und Reden halten . . . Viele Leute aus San Lorenzo waren hier, bei Verwandten. Nella und Settimio wohnten in der Nähe. Sora Vera, obwohl barsch und bockbeinig, war doch gerührt angesichts der schweigsamen Mithilfe von Esterina, Settimios Mutter, und der vier Mädchen. Sie alle achteten das ihr jüngst widerfahrene Leid und die Trauerzeit und putzten, kochten und besorgten eifrig das Zusammenleben, ohne ihr Umstände zu bereiten. Der Schlachthof lag zudem gleich an der Straße . . . fünfzehn oder sechzehn Kilometer weiter.

Eines Abends, fast ein Jahr später, als der Unteroffizier der Carabinieri zu Settimio sagte: «Die Alliierten kommen . . .! Die Deutschen ziehen sich zurück! Wir sind frei!», gab Nestore, der gar nichts getrunken hatte, Settimio eine Ohrfeige von der Wucht eines Steinschlags: «Das ist für die Balilla-Uniform!» Und eine weitere seiner Frau aus demselben Grund. Dann lief er zu Fuß, mit einem kleinen roten Taschentuch seiner Frau um den Hals, zurück nach San Lorenzo.

Vier Nächte und vier Tage lang kam er nicht wieder. Am fünften Tag fand Settimio ihn in der Kneipe von Sor Checco, wo er eine Versammlung abhielt. Er konnte ihn überreden, nach Hause zurückzukommen, wenigstens um sich umzuziehen. In der Straßenbahn sang er, fluchte auf die Heiligen und auf die Faschisten, machte die Fenster auf, lehnte sich hinaus und ballte die Faust zum Himmel und zu den Passanten.

Wenn jemand etwas antwortete, geriet er außer sich. Eine alte Frau auf einem klapprigen Fahrrad erwiderte seinen Gruß, ließ die Lenkstange los, suchte in ihrer Tasche herum, fand etwas – und schwenkte ein kleines rotes Taschentuch. Nestore weinte daraufhin und sang, bis sie zu Hause waren, immer wieder die Internationale. Sie blieben alle in San Basilio wohnen, im Haus von Gevatter Leandro, der auswanderte. Später zog auch Gevatterin Lola fort, und in Block 10 zogen die frisch getrauten Eheleute Settimio und Nella ein.

Sie hatten in aller Eile geheiratet, die Mandelbonbons im Zellophanpapier waren in die Luft geworfen worden, das enge und eisbraune Kostüm sollte auch danach zu gebrauchen sein. Weiß waren nur der Schleier und das Blumengebinde, Schuhe und seidene Nahtstrümpfe waren schwarz.

Irgend jemand zog einen schiefen Mund.

«Die sparen zuviel . . .»

«Die haben es zu eilig . . .»

«Der Krieg ist doch vorbei, warum haben die denn so einen Drang?»

Remo kam mit acht Monaten auf die Welt. Nella war einen Monat nach der Hochzeit schwanger geworden, und so stimmte die Rechnung wieder, und die Gerüchte hörten auf. Remo war sehr mager und olivfarben, er hatte einen Stiernacken und ganz viele schwarze Haare, er war zwar ein bißchen ausgemergelt, aber im übrigen eine Schönheit.

Nestore legte sich mit dem Pfarrer an: «Wenn ihr ihn tatsächlich taufen wollt», sagte er, «dann komme ich in die Kirche mit einer roten Fahne und mit Hammer und Sichel!»

Auf Don Ninos Einwände hin stellte er klar: «Er muß ein Krieger für Christus und für Hammer und Sichel werden!»

Und Nestore kam, bewegt und feierlich, in die Kirche mit dem roten Taschentuch um den Hals, einer Bauernsichel seines Vaters Remo und dem Hammer des Schmieds Sor Felice. Nella war noch sehr geschwächt und trug ihr Umstandskleid, Sora Vera hatte Remo, ganz in Spitze gehüllt, auf dem Arm, Sora Esterina lächelte und war schweigsam wie immer, dann kamen alle anderen und Vito Cocuzzo, der Fotograf.

Ein Jahr später wurde Vera geboren, zwei Jahre später Nestorino. Giada kam nach vier Jahren, niemand hatte mit ihr gerechnet, sie war ein Versehen.

Settimio kam immer mit einem großen Paket nach Hause: Nudeln, geschälte Tomaten, Kartoffeln, Mehl. Nella ging nur aus dem Haus, um Brot zu kaufen und damit die Kleinen an die frische Luft kamen, denn es hatte sich herausgestellt, daß Settimio noch eifersüchtiger als ein Türke war.

Einmal in der Woche ging Settimio auf den Großmarkt. Er stand um drei Uhr nachts auf. Eine Stunde später war er bereits an der Arbeit, saß auf dem Gerüst genau über den Kühlräumen und zählte. Schließlich ging er auch beim Ausladen zur Hand.

Um neun war er schon wieder zu Hause, verfroren, mit zwei Kisten Vorräten und Geld zum «Beiseitelegen». Das andere, das er beim Treiben verdiente, diente zum täglichen Leben.

Am Abend vor dem Ausbruch der Schweinepest wurde Nestore krank: Leberzirrhose. Man brachte ihn sofort, als es ernst wurde, ins Krankenhaus. Von notgeschlachteten Schweinen, vom Gesundheitsamt, von dem wichtigtuerischen Beamten, der aussah, als hätte er Skorbut, und einen Haufen nutzloser Papiere las und schrieb, von dem aufgeschreckten und nervösen Gemeindetierarzt, von Settimios Wut und Trauer sollte er nie mehr erfahren.

Die Schweine wurden eines nach dem anderen getötet und verbrannt.

«Mörder, Faschisten, Aushungerer . . .»

Einen Monat lang hatte Settimio nur diese Worte im Mund und fluchte und weinte. Er blieb die ganze Zeit zu Hause. Nella verbrauchte das «beiseite gelegte» Geld, wartete, daß alles vorüberging, und putzte heimlich in der Kirche. Don Nino war gut, auch zu Kommunisten.

Giada, die aus Versehen Geborene, brachte sich fast um für ihren Vater. Sie sprang ihm immer auf den Arm, gab ihm große und kleine Küsse, wenn er schlechte Laune hatte, hielt sich auf Distanz und sah ihn schweigend an. Schließlich gewann sie wieder an Boden und kletterte ihm erneut auf den Arm. Sie sprang so geschickt an ihm hoch und redete so aufgeweckt, daß Settimio sich daran gewöhnte, zu ihr wie zu einer Erwachsenen zu sprechen.

«Papa, wo ist Opa Nestore?»

«Im Krankenhaus. Er wird dort gepflegt.»

«Warum kommt er nicht nach Hause, wir können ihn doch auch pflegen?»

«Die können das da besser, hier kann man ihn nicht retten.»

«Die bringen ihn doch nicht um wie der Tierarzt die Schweine?»

«Das kann schon sein, kann schon sein.»

«Und wenn er stirbt, wo geht er dann hin?»

«Ins Paradies, denn der Opa ist gut.»

«Im Paradies nehmen sie keine Kommunisten!»

«Wer sagt das?»

«Don Nino sagt das.»

«Und warum?»

«Weil sie rot sind wie der Teufel und weil ihre Seele keine Flügel hat.»

«Sie sind wie alle anderen, sogar besser!»

«Und die Schweine, kommen die auch in den Himmel?»

«Unsere ja . . . und wenn Don Nino sagt, daß deren Seelen auch keine Flügel haben, dann antwortest du ihm, Schweine sind nicht rot . . . sondern rosa!»

Don Nino allerdings fragte nicht, sondern fand Arbeit für Settimio bei der Städtischen Müllabfuhr, über einen Herrn, der mit einem Christdemokraten befreundet war, und als Nestore starb, ließ er sogar in der Kirche die rote Fahne auf dem Sarg. Nella war so dankbar, daß sie unbedingt christdemokratisch wählen wollte, und es bedurfte größter Anstrengung und sogar einer Ohrfeige von Settimio, bis ihr die Lust dazu verging.

Aber Wahlen sind ja schließlich geheim!

Die Blutfabrik

Settimio fuhr den Lastwagen der Müllabfuhr. So stand er zwar morgens ganz früh auf, hatte aber danach den ganzen Tag frei und konnte andere Arbeiten machen.

Er freundete sich gleich mit dem Sizilianer Carmine an, Arbeiter genau wie er, sie waren immer zusammen, bei der Müllabfuhr ebenso wie außerhalb der Arbeit. Carmine war ebenfalls Hilfsarbeiter und wohnte in den illegal gebauten Häusern hinter den Slums.

Er hatte drei Töchter und eine streitsüchtige Frau, Claretta. Er hatte sie in Rom kennengelernt, als er seinen Militärdienst ableistete. Er stammte aus Castelvetrano in der Provinz Trapani, und eines Abends ging er, heimatlos und mit angestautem Trieb, zusammen mit dem Gefreiten Vanetti aus Norditalien, der sich in der Stadt auskannte, in der Nähe des Bahnhofs tanzen.

Dort lerntc er Claretta kennen. Sie wurde begleitet von Federica. Federica saß seit nunmehr sechs Jahren verlobt zu Hause, Gefangene ihrer Mutter, ihres Verlobten und ihrer jüngeren Schwester. Sie war gut gelaunt und kokett, als hätte Carmine den Hof ihr gemacht, sie war so fröhlich und einladend, daß Claretta sich aus lauter Trotz mit Carmine verlobte. Bereits nach einer Woche hatte sie die Nase voll.

Aber Sora Ottilia war eine strenge Mutter, die sich auskannte. Ottavo existierte nicht als Vater, denn sie beherrschte alles, ihre Töchter, das Haus, den Ehemann. Deshalb war sie es, die eines Sonntagnachmittags mit zum Tanzen ging, sie sprach mit Carmine, und man kam rasch zu einer Einigung.

Sie hatte sich im Alter von sechs Jahren am Herdfeuer ein Auge verbrannt, es war aufgerissen und blickte streng, es hatte keine Augenbraue und war unglaublich viel größer als das andere, es sollte auf ewig offenstehen und doch nichts sehen. Trotz dieses Auges war in ihrem Dorf Tremonti, in der Nähe von Tagliacozzo, mehrmals um ihre Hand angehalten worden. Sie arbeitete wie ein Maulesel, hielt auf Kirche und Küche, war bigott, ohne jedoch mißgünstig zu sein, und griesgrämig aus Widerborstigkeit, und so heiratete sie schließlich auf den Rat des Priesters hin den widerborstigen und furchtsamen Angelo, genannt Ottavo, weil er das achte Kind war, auch er ein Arbeitspferd, und kam 1922 nach Rom.

Das Land behielten Ottavos Brüder, sie sollten Wein und Korn anbauen. Er selbst fand Arbeit in der Blutfabrik des Herrn de Sanctis, der in Tagliacozzo geboren war und jetzt in Rom als kleiner Fabrikant in der Düngemittelbranche lebte.

Zwölf Stunden Arbeit am Tag, die Fliegen, der beißende, Brechreiz erregende Geruch des geronnenen, fetten Ochsenblutes, das mit Spachteln abgekratzt werden mußte und zum Trocknen in Zinkbehältern in der Sonne stand. Wenn es regnete, wurde nicht gearbeitet, bei schönem Wetter kam auch Ottilia in den Betrieb, sie wohnte ja nur zwei Schritte von der Blutfabrik entfernt.

Der kleine Nico hatte seinen Spaß daran, Blut und Erde in ein kleines, nutzloses graues Gefäß zu füllen, das Sora Ottilia an dem Fluß gefunden hatte, in welchem waagerecht das Blut floß und allmählich in den Auskehlungen gerann. Nico hatte sogar einmal einen kräftigen Schluck davon getrunken, bevor Sora Ottilia es noch bemerkt hatte. Er wurde wie durch ein Wunder gerettet, dank der Letzten Ölung, denn er war erst, nachdem er sie erhalten hatte, wieder zum Leben zurückgekehrt.

Das getrocknete Blut wurde als Dünger nach Ägypten verschickt.

Die Geschäfte gingen tatsächlich gut, und als Ottavo den Herrn de Sanctis bat, auch Carmine, den Bräutigam seiner Tochter, einzustellen, willigte er ein und verzog lediglich anläßlich von Carmines Wohnsitz leicht den Mund. Carmine schrieb also nach Castelvetrano, berichtete über seine Hochzeitspläne, über seine Wohnung, über die Arbeit in der Blutfabrik, schickte Geld für Vater und Mutter, damit sie kommen und Sora Ottilia kennenlernen konnten.

Carmines Mutter Rosa war erschüttert über die Nachricht der Verlobung. Als Tochter wohlhabender Bauern, die mit der Familie Amendola verwandt waren, mit Baronen, Gutsbesitzern und Mafiosi, hatte sie darauf gehofft, daß Carmine eine einträgliche Vernunftehe schließen würde. Sie hatte ihn zu diesem Zweck unter Mühen und Opfern auf das Kollegium geschickt, damit er etwas lernte. Er war der letzte Sohn, die letzte Hoffnung darauf, daß man reich auf den eigenen Grund und Boden zurückkehren konnte und nie mehr einen Zehnten zu bezahlen brauchte.

Die Baronin Amendola hatte sich sogar selbst dafür eingesetzt, daß sich Vituzza für ihn entschied. Die hatte zwar einen kleinen Schnurrbart und war robust, aber sie sang gern und sollte ein kleines Vermögen erben. Alles umsonst. An eigenen Grund und Boden glaubte jetzt niemand mehr, auch nicht Carmine mit seiner Fabrik aus Fliegen und Blut. Das stellten Rosa und ihr Mann Alfonso sofort fest, als sie in Rom eingetroffen waren.

Carmine sprach und kleidete sich wie ein Städter, und diese elegante, unverfrorene Claretta mit ihrem Rouge auf den Wangen war bestimmt an allem schuld!

Sora Ottilia sorgte wie immer, wenn sie Unheil witterte, für Abhilfe. Sie sprach über die Aussteuer, ein Haus auf Abzahlung, über Bekannte im Vatikan, Heilige, Madonnen, über die Strenge, die Religion, den Respekt und das Vaterland.

Rosa schenkte sie einen Schal, der bestickt und so schön war, daß diese sich trotz aller Gehässigkeiten beruhigte. Die Affäre wurde zu einem guten Ende gebracht und blieb die einzige, denn das Haus auf Abzahlung und die Stelle im Vatikan waren auch weiterhin solche Luftschlösser, daß Carmine bei den ersten Wahlen dafür sorgte, daß auch Claretta für den sozialistisch-kommunistischen Volksblock ihre Stimme abgab.

Sora Ottilia, schlecht informiert durch Carmine, machte in der Annahme, es handele sich um San Giuseppe, ihr Kreuzchen bei Garibaldi und sprach hinterher aus Wut über den Betrug einen Monat lang nicht mehr mit ihrem Schwiegersohn, sondern weinte und tat Buße.

Als Rosalia geboren wurde, bat Carmine die Baronin Amendola, Patin zu werden, aber diese lehnte, im Gedenken an Vituzza, sehr höflich ab. An dieser Stelle machte Carmine ein für allemal Schluß mit Adligen, mit eigenem Grund und Boden, mit den Herren und der Mafia. Am Ersten Mai war er mit Rosalia, Claretta, Patrizia und Nemo in San Giovanni. Er hatte ein rotes Taschentuch, und seine Halsschlagadern waren vom vielen Schreien angeschwollen. Sechzehn Jahre in illegal gebauten Häusern, kein Wasser, kein Klo, keine Heizung, Licht nur, wenn man es stahl, dafür aber ein großer Gemüsegarten.

Im selben Jahr, als Carmine die Stelle bei der Städtischen Müllabfuhr antrat, verlobte sich Rosalia, Marco wurde geboren, das letzte der sieben Kinder. Man konnte nun nicht mehr in der Baracke leben, man mußte ein Haus finden, zwei Schlafzimmer, Bad und Küche. Rosalia war inzwischen ein Fräulein geworden und verlobt, schlief aber noch immer in einem Zimmer mit Vater und Mutter. Nach drei Jahren bekam man dann auch ein Haus, ganz ohne Heilige, einfach dank einer Warteliste. Garten und Laube gingen an Patrizia und Nemo, die inzwischen ebenfalls auf einer Warteliste standen.

Settimio war Marcos Patenonkel geworden, und Carmine erwiderte die Patenschaft, als dessen Zwillinge geboren wurden: Mario und Maria.

Mario hatte einen Fehler an der Ferse, der so offensichtlich war, daß ihn Settimio fortan zornig und ironisch Achilles nannte. Maria war tot geboren worden. Dank einer Herzmassage erholte sie sich zwar, blieb aber so winzig und zerbrechlich, daß man sie einen Monat lang in den Brutkasten steckte.

Nella brach in Tränen aus. Sie war so voller Schmerz, daß sie sich nicht zurückhalten konnte und ihren trunksüchtigen Vater und ihre epileptische Zwillingsschwester verfluchte.

Don Nino erteilte ihr die Absolution und tröstete sie: «Man weiß ja», sagte er, «Zwillinge werden nie beide gut! Ein einziges Ei ist für zwei nicht genug. Gott wird helfen, damit sie wachsen . . .»

Maria jedoch, nicht genug damit, daß sie kränkelte und zurückblieb, wuchs seltsam heran. Nicht so wie Marco, Carmines Sohn, der im Alter von sechs Jahren nur mit Puppen spielte, sich Pappbrüste ansteckte, Büstenhalter und Bleistiftabsätze trug, beim Gehen mit den Hüften schlenkerte und der nicht einmal antwortete, wenn man ihn Marco nannte.

Maria gewöhnte sich an, mit aller Gewalt den Finger bis an die Mandeln, bis tief in die Kehle in den Mund zu stecken und dann zu rülpsen und Speichel und Essen zu erbrechen. Sie kratzte sich auch am Hintern, als hätte sie die Krätze, und zog sich wie in einer Zwangshandlung hundertmal am Tag ihre weiße Baumwollunterhose rauf und runter. Bestimmt war sie durch die Lumbalpunktur so nervös geworden, die man gemacht hatte, als sie noch winzig war!

Das mußte der Grund sein. Andere Erklärungen gab es nicht. Das sagten sie auch in der Schule und steckten sie sieben Jahre lang in den Sonderschulzweig. Mit zwölf Jahren erhielt Maria, am dreizehnten Juni um 10.30 Uhr, das Abgangszeugnis der Grundschule. Der vierzehnte war ein Sonntag. Settimio, Carmine und die beiden Familien beschlossen, ans Meer zu fahren und zu feiern. Sie nahmen auch Vito Cocuzzo, den Fotografen, mit. Der war inzwischen alt geworden und hatte seinen vergrößerten und ganz aus Schaufenstern und gerahmten Fotos bestehenden Laden seinem Sohn Attilio überlassen. Er nahm den Fotoapparat mit ans Meer und ließ sie sich alle in Pose setzen, mit den Gesichtern in die Sonne, lächelnd und eng aneinander. An den beiden äußeren Enden der Gruppe standen Marco, der sich gerade bewegt hatte und unscharf wurde, und eine schmollende Maria.

Marcos Monolog

Piera hat ein paar volle Glocken und einen Arsch hoch zwei.

Ich bin wie hypnotisiert wegen ihr. Sie hat dicke rote Lippen. Ich hab immer Lust, sie zu küssen. Ich hab sie mal gefragt, aber sie hat nein gesagt, weil sie so was nicht macht bei der Arbeit, und außerdem ist sie treu. Gestern habe ich sie mir nackt vorgestellt, und da mußte ich gleich onanieren wie früher, als ich klein war und onaniert hab mit dem Foto von dieser Frau, das ich im Park gefunden hatte . . . ich und mein Bruder, wir hatten weiße Söckchen, ich muß acht gewesen . . . das heißt, mir fehlten noch ein paar Monate an acht Jahren. Die weißen Söckchen mochte ich gern, ich wollte sie immer anziehen, auch wenn sie schmutzig waren. Ich mochte sogar gern, daß sie schmutzig waren, nachdem sie vorher weiß gewesen waren. Meine Mutter sagte: «Du Schweinigel, zieh dir andere Söckchen an, die sind schmutzig!»

Und ich gab jedesmal zurück: «Jetzt sind die dreckig, aber die war'n mal sauber, und die behalt ich an!» . . . die Söckchen . . . / und dann Füße / und dann ein Nagel / und dann Nagellack / und eine Hand / eine Feder / ein Blatt Papier / ein Liebesbrief . . .

Mein Vater ist Müllkutscher und ich bin nicht wie all die anderen, die sich schämen, wenn sie sagen müssen, daß ihr Vater bei der Müllabfuhr ist. Ich finde nichts Komisches dabei, das ist immer noch eine ehrliche Arbeit.

Meine Mutter ist Hausfrau, meine Schwestern Nevia, Caterina und Laura gehen arbeiten wie Vater und haben noch keine Kinder. Meine Schwester Patrizia dagegen geht nicht arbeiten, die ist verheiratet, und Rosalia ist sogar noch arbeiten gegangen, als ihr erstes Kind schon geboren war. Dann ist da noch deren Mann, der geht auch arbeiten. Mein Bruder arbeitet auch, ich gehe zur Schule und arbeite.

Wir sind zwei Jungen und fünf Mädchen, und nur mit meinem Schwager Ernesto verstehe ich mich gut. Mit meiner Schwester Rosalia verstehe ich mich auch, aber die ist etwas dämlich . . . nicht in dem Sinn, daß sie wirklich dämlich ist, aber ich erzahl ihr Sachen im Vertrauen, so wie sie mir auch was erzählt hat, und sie geht dann hin und erzählt sie meiner Mutter weiter.

Wirklich, als das mit Andrea passiert ist, habe ich nichts gegessen, weil er von zu Hause abgehauen war. Meine Mutter ist zu Rosalia gelaufen und wollte sich informieren, und die hat ihr das zur Hälfte beigebogen. Mit dem Mann von Rosalia verstehe ich mich überhaupt nicht. Diesen Sommer haben wir uns echt sehr gestritten . . .

Ich wurde 1960 in einer Baracke hinter den Slums in San Basilio geboren. Da hab ich gelebt, bis ich drei Jahre alt war.

Bevor ich wegzog, habe ich mal mit meinem Bruder gespielt. Es gab einen Baum neben unserem Haus, einen Feigenbaum, da konnte man leicht raufklettern. Ich hab gesehen, wie er da raufgeklettert ist und sich von einem Ast fallen lassen hat. Ich wollte das auch probieren: Beim erstenmal hat er gehalten, beim zweitenmal hat er gehalten, auch noch beim dritten . . . Am Ende bin ich gestürzt und hab mir den Oberschenkel gebrochen . . . Als ich im Krankenhaus lag, bin ich nachts wach geworden und hab zwei Leute gehört, das waren wohl ein Mann und eine Frau, die haben gesagt: «Hast du mich gern?»

«Ja, ich liebe dich!» . . . Da gab es auch eine Krankenschwester, die hat sich in die Hand gespuckt, und einer der Kranken hat ihr dabei an die Brust gefaßt . . . sie sah so ähnlich aus wie meine Lehrerin in der Volksschule . . . Ein paar Tage vor meiner Erstkommunion, so um den 16. Mai herum, hatte mir Sandra, eine Freundin von mir, gesagt, wie man Kinder macht und daß ihr das diese Lehrerin gesagt hatte, nämlich daß man Kinder mit Wichse macht. Da ich ja wußte, was Wichse ist, habe ich nicht weiter gefragt. Dann, als ich elf war, hat sie es mir noch mal erklärt. Daraufhin habe ich bei Tisch erzählt, daß ich nie heiraten wollte . . . Ich war damals ganz rein und keusch, ich ging immer zur Kirche, da hatten sie mir in den Kopf gesetzt, daß das nicht ging und daß es eine Sünde war, wenn man sich schon als Kinder verlobte. Padre Emanuele hatte das immer gesagt . . .

Schon vorher hatte meine Mutter mir immer erzählt, wir würden umziehen, weil die Gemeinde uns ein neues Haus besorgt hätte, und ich sagte immer: «Nein, nein, ich will hierbleiben!»

Als ich im Krankenhaus lag, in der Poliklinik, hat meine Mutter den Umzug gemacht . . . Haus Glocke / und dann das Telefon / und ganz viele Leute / die rein- und rausgehen / alles Männer / und dann nackte Mädchen / ein Glas Whisky / eine einsame Straße . . . / Pärchen Kuß / von sehr schönen Lippen . . . / Gott Eros . . . Gott Eros hat schöne Hände . . . / Hände . . . Hände / nichts fällt mir mehr ein / . . . nein, wirklich nichts . . . nichts, nein / Kochst du etwa, Mama? Ich rieche etwas Verbranntes.

Heute habe ich fast den Laden in Brand gesetzt. Der Chef war nicht da, also hab ich gedacht, ich mach ein Spiel . . . Es gab sowieso keine Arbeit für mich wegen der Demonstration. Ich habe ein bißchen Aceton gefunden und hat es mit dem Stanniol angezündet. Es hat einen Wahnsinnsqualm gemacht, drumrum lag das ganze Styropor von den Verpakkungen, Alkohol, Karton, noch zwei Flaschen Aceton. Das hätte ein Blutbad werden können, ein Wahnsinnsbrand!

Als ich es löschen wollte, habe ich mir beide Hände, die Wimpern, die Haarsträhne vorn und ein Stück Hemd verbrannt. Die tun mir vielleicht weh, meine Hände! Im Laden hab ich so getan, als wenn nichts wäre, aber ich konnte kein Färbemittel mehr anfassen, und schon bei lauwarmem Wasser hab ich geschrien . . . Mir tun die Titten weh, genau an den Warzen, besonders der Hof tut mir weh, als wenn mir Brüste wachsen, so tut mir das weh . . . das kommt doch wohl nicht von den Spritzen, was? Ich wär ja lächerlich, mit nem langen Bart und Brüsten. Wenn ich keinen Bart hätte, würd ich ja ne tolle Figur abgeben, aber ich hab doch den Bart. Ich hab mir keine Spritzen geben lassen, ich bin doch nicht verrückt! Maurizio, das ist eine von den Tunten, die hat sich das selber gemacht, und das ist ihr schlecht bekommen . . . Patty ist sogar dran gestorben! Mit dem Inhaber hab ich rumgestritten, weil er mich jeden Tag mit einem anderen Namen anredet: «Spieldose, Kleopatra, Schmetterling, Grille.» Ich habe ihm gesagt: «Herr Remo, in meinen Papieren heiße ich Marco.»

Trotzdem, das ist auch so ein sexueller Hungerleider. Ich denk mir ja, daß der ganz schön geil ist und sich das bloß nicht eingesteht . . .

Danach sind wir immer in San Basilio geblieben, das ist so eine *borgata*, die die Faschos gebaut haben, wie ein Ghetto. Die haben echt die Diebe, die Mörder, die Prostituierten hierher geschickt, und San Basilio hat die immer noch im Schlepptau. Hier gibt's nur wenig anständige Leute. Es ist nicht etwa so, daß ich darauf achte, ob die Leute anständig sind oder nicht, mir ist das egal, ob einer ein Dieb, ein Mörder oder drogensüchtig ist, ich sehe darauf, was einer denkt. Mich interessiert nicht, was einer ist: Aber schließlich ist das ja etwas, was einer mit sich rumschleppt. Hat noch immer einen schlechten Ruf, San Basilio, ist oft durch die Zeitungen gegangen. Vor einiger Zeit beim Karneval haben sie hier ne Drogenrazzia gemacht. Nicht das Viertel macht die Leute, sondern die Leute machen das Viertel. Es ist nicht etwa so, daß mir das was ausmacht, in San Basilio zu leben, bloß weil es eine häßliche *borgata* ist. Ich lebe sogar lieber hier in San Basilio als in Parioli, ehrlich. Wenn ich zum Beispiel Arbeit suchen müßte, wenn ich da weggehen würde, wo ich jetzt arbeite, also in dem Laden von einer Freundin, die mit mir auf die Schule geht und Kosmetikerin ist, möchte ich immer in einer *borgata* bleiben. In San Basilio, im Laden, bin ich der einzige Mann unter lauter Frauen: Ich fühle mich wie sie, ich hab schon Frau gespielt, als wir noch in der Baracke gewohnt haben. Die Ärztin damals hat echt zu meiner Mutter gesagt: «Paß gut auf, dieser Junge sieht mir zu effeminiert aus, du solltest ihn lieber zu einem Spezialisten bringen.»

Sie hat mich hingebracht.

Ich weiß noch, daß sie mich zu einem Spezialisten brachte, aber ich wußte nicht, warum. Als ich mich ganz nackt ausziehen mußte, schämte ich mich auch, aber ich war noch zu klein, man konnte noch nicht sagen, ob ich homosexuell war oder nicht. Ich war wohl vier oder fünf Jahre alt. Sie sagten meiner Mutter, es sei alles in Ordnung. Seit der Zeit hat mich mein Vater immer rennen lassen, weil sie gesagt hatten, daß meine Statur für mein Alter zu niedrig war. Aber ich hab weiter immer Frau gespielt.

Als ich in das Haus gezogen bin, wo ich jetzt wohne, hat meine Mutter sofort mit der Frau von unten Freundschaft geschlossen. Bei ihr war ich immer, ich aß bei ihr, ich wollte immer mit ihr zusammen sein. Ich nenn sie auch heute noch manchmal Mama Lina, so aus Spaß. Ich mußte unbedingt bei ihr sein, wenn ich das nicht durfte, gehorchte ich nicht. Meine Mutter wollte, daß ich was esse, aber ich aß nichts, also brachte sie mich zu dieser Frau nach unten, ließ mich da, ging wieder nach oben, und ich aß. Als meine Mutter wiederkam, sagte Lina: «Der ißt doch, und wie der ißt. Der frißt Himmel und Hölle zusammen.» Als wir noch in der Baracke wohnten, hab ich auch immer erst bei uns gefrühstückt, und dann bin ich in die Baracke nebenan zur Nachbarin gegangen, und die hat gefragt: «Hat deine Mutter dir denn schon was zu essen gegeben?» Ich hab nein gesagt. Also gab sie mir Bananen und Milchkaffee. Ich hab das ganz naiv gemacht, ich hab mir nichts dabei gedacht, jedenfalls glaub ich das nicht. Aber ich mußte unbedingt bei anderen Leuten sein, um zu essen. Ich ging in den Kindergarten der *borgata* und wollte immer im Speisesaal bleiben. Und meine Mutter mußte mich tatsächlich immer holen kommen, weil ich immer heulte, ich war doch so schwach. Als ich nach Hause kam, mußte sie mir jeden lieben Tag ein Schnitzel braten, damit ich zu heulen aufhörte. Dann bin ich zur

Schule gekommen. Aber ich hab noch nicht daran gedacht, daß ich ein Homosexueller bin. Für mich war das eine ganz natürliche Sache, dieses Frauspielen.

Mit acht Jahren hab ich zum erstenmal Geschlechtsverkehr gehabt. Ich hatte schon mal vorher so was gehabt, mit meinem Bruder, aber das war mir nicht gut bekommen. Mit acht Jahren hatte ich jedoch zum erstenmal Geschlechtsverkehr mit einem Jungen. Nachdem ich mit diesem Jungen so ein bißchen ein Verhältnis gehabt hatte, gab ich ihn wieder auf.

Mit elf, zwölf Jahren ungefähr habe ich wieder angefangen. Mit dreizehn hab ich das erste Paar Damenschuhe getragen. Es war ein Paar Mokassins von meiner Mutter, sie haben ihr nicht richtig gepaßt. Ich habe kleine Füße, und die wachsen auch nicht besonders. Für meine Statur und für mein Alter ist vierzig wirklich ne kleine Größe. Da hab ich meine ersten Komplexe weggekriegt, weil alle gelacht haben, wenn sie mich sahen. Die ersten Gerüchte gingen um: daß ich mit Hunden im Bett war. Sie haben angefangen, mich anzuspucken. In der Schule haben sie mich abgesondert, bloß wegen dieser Schuhe, aber mir hat das nichts ausgemacht. Ich mochte sie gern anziehen, und ich zog sie an. Wieso sollte ich darauf achten, daß die Leute zufrieden sind? Mein Leben, da paß ich schon selber drauf auf. Ich finde, jeder ist frei, um das zu tun, was er für richtig hält.

Dann hatte ich meinen ersten Freund. Ich ging zu ihm nach Hause, ins Kino, ins EUR. Dann hab ich mit ihm Schluß gemacht. Ich war es, der nichts mehr von sich hören ließ. Ich hab noch einmal auf der Stelle aufgehört, und danach fing ich wieder an, mit wechselnden Typen, die mir einfach so gefielen, sexuell zu verkehren.

Letztes Jahr bin ich zum erstenmal anschaffen gegangen, für Andrea, meinen Typen. Als ich kapiert hab, daß der sich nicht mehr blicken ließ, da hab ich die Gelegenheit beim Schopf gepackt und bin vier Tage zum Camping gefahren. Neulich hab ich von meinem Vater gehört, daß Andrea zu uns nach Hause gekommen ist und mich gesucht hat. Aber das war mir völlig Wurscht, ich bin ihn nicht suchen gegangen, auch weil ich weiß, daß er jetzt beim Militär ist, und selbst wenn ich seine Telefonnummer habe, ich rufe ihn nicht an. Am Anfang mußten wir beim Strichen manchmal abhauen, entweder weil die Transvestiten kamen und uns verprügeln wollten, oder weil ich die Sirene hörte, und ich hatte Angst vor der Sitte. Manchmal bin ich grün und blau nach Hause gekommen, von den Schlägen, die ich manchmal von den Transvestiten oder von deren Luden gekriegt habe, denn am Kolosseum haben die Transvestiten größeren Einfluß, das ist ihr Stammplatz, und wir waren unbefugt. Ich bin dann umgezogen, vom Kolosseum zur Stazione Termini, aber da bin ich nicht lange geblieben, das ist eine widerliche Gegend. Ich hatte Angst, aber ich hab von Anfang an die Schläge und alles andere in Kauf genommen, weil mir das Leben auf dem Strich gefällt. Ich kannte allerdings die Risiken noch nicht so genau, die es mit sich bringt, das heißt, zum Teil kannte ich sie, aber ich kannte nicht alle: Ich wußte noch nichts von den Sadisten, den Schweinen.

Zum Beispiel, ich verlangte fünfzig, und die gaben mir hundert und sagten: «Aber du mußt dies und jenes machen.» Ich hab natürlich nicht angenommen, weil es mich geekelt hat, zum Beispiel Scheiße zu lecken. Ich weiß nicht, das ekelt doch alle irgendwie, jedenfalls glaub ich das. Danach hab ich mit dem Strichen aufgehört und mich aus dem Geschäft zurückgezogen. Ich habe mit Striptease angefangen. Sie zahlten mir dreißigtausend pro Auftritt, aber ich habe nur zwei statt drei Auftritte gemacht, weil der um elf Uhr zu spät war, ich mußte früh zu Hause sein. Sonntags zahlten sie fünfzigtausend pro Auftritt. Ich hab damit angefangen, da war nämlich ein Freund von mir, Lella Riccardo, ein Homosexueller, der auf der Prenestina stricht, und der hat mir erzählt, daß sie ein Mädchen suchten, aber eigentlich wollten sie eine neue Nummer machen und einen Mann dafür einsetzen. Er hat mir auch gesagt, falls ich dahin wollte, er hätte Beziehungen, und wir könnten darüber reden. Ich ging hin, und sie fanden, ich bin gelenkig und rhythmisch begabt.

Aber ich hatte keinen Bock drauf, mich als Homosexueller zu zeigen, und schließlich hat dieser Freund von mir den Leuten begreiflich gemacht, daß ich in Frauenkleidern auftreten muß. Also hab ich mir die Haare rasiert. Ich zog mir BH-Körbchen an und falsche Brüste, ich schminkte mich, und bei dem natürlich finsteren, psychedelischen Licht hat man das gar nicht so gesehen.

Meine Schwester sagt, ich benehme mich gespreizt, aber ich merke es nicht. Meine Schwester sagt, daß ich mit extra hoher Stimme rede. Aber ich merke das gar nicht.

Ich merke nicht, mit was für einer Stimme ich rede, ich merke nicht, ob ich mich gespreizt benehme, ich merke nicht, wie ich bin . . . Ich habe einen Schwanz, und ich will keinen haben. Ich kriege Lust darauf, mit einem Mann zu schlafen . . . wie eine Frau, wenn sie Lust darauf kriegt, mit ihrem Typ ins Bett zu gehen.

Ich stelle mir oft vor, ich bin eine Nonne und werde einem Gott dargeboten, und dann verbrennen sie mich bei lebendigem Leibe. Ich sehe mich mit meinem eigenen Gesicht, mit Busen und ohne Puller, langen Haaren und einem türkisfarbenen oder himmelblauen langen Kleid mit Falten und Blumen im Haar. Ich versuche, mich zu wehren, aber ein Mann nimmt mich, hebt mich mit beiden Händen hoch und wirft mich ins Feuer . . .

Als ich anschaffen ging, haben sie mich erpreßt. Ich mußte mitmachen, sonst hätten sie mich zu Hause verpfiffen. Also hab ich aufgehört und hab auch weniger an der Stazione Termini verkehrt, wo ein Haufen Homosexueller war. Das heißt, aufgehört hab ich nicht. Ich hab erst mal sofort aufgehört und dann weitergemacht. Später hab ich auch da den Dienst quittiert und hatte Angst, weil ich minderjährig bin. Nach meinem Abgang dort hab ich wieder angefangen, mich in der Kirche sehen zu lassen. Aber als ich einmal vor der Kirche erzählt habe, daß ich so bin, haben sie sich alle unheimlich beschissen benommen. Vorher trugen sie mich auf Händen. Als ich ihnen alles erklärt habe, sind sie fies geworden: «Du bist n Schwuler . . . laß dich doch in' Arsch fikken . . . meine kleine Schwuchtel, mach mir mal dies, mach mir mal das.»

Also hab ich mich auf Distanz gehalten und bin zu Hause geblieben. Aber eins kann ich nicht begreifen: Ich bin aus der *borgata*, aber bei mir heißt es nur, ich bin schwul und sonst nichts. Wer Geld hat, die aus Parioli, die sind nicht schwul, die sind vornehm! . . . Das kann ich nicht begreifen. Ich kann den Leuten nicht beibringen, daß ich auch nicht *anders* bin, denn ich bin wie sie, wie ihr, ich hab zwei Arme zum Arbeiten, schließlich arbeite ich ja, ich hab einen Kopf zum Denken, schließlich denke ich ja, zwei Beine zum Laufen, ich bin ja schließlich kein Krüppel. Und wenn ich jemand gern an den Arsch fasse, was geht'n euch das an?

Morgen hab ich zwei Freier, aber das Geld brauche ich eigentlich gar nicht. Ich hab Lust dazu. Vielleicht geh ich auch nicht hin! Gestern bin ich ganz allein durch die Gegend gezogen und hab dabei sogar ein Lied erfunden: «Ich hab keine Freunde / denn ich mag's einsam / Ich bin auch gern in Gesellschaft / aber allein noch viel lieber . . .»

Der Italienischlehrer (sozusagen! Italienisch versteht der keinen Furz) hat gesagt, die Verse sind hübsch, und ich soll mich anstrengen, weil ich intelligent bin, obwohl ich zu narzißtisch bin. Der soll immer an allem schuld sein, dieser Narziß. Der Italienischlehrer sagt, Narziß war sehr schön, er war ein Mann, aber er hat sich immer «zurechtgemacht» wie eine Frau, mit Kleidern, Schminke, Getucke . . . Kurz und gut, Narziß war ein ganz schön kokettes Herzchen. Eines Tages sah er, wie sich seine Figur im Wasser des Flusses spiegelte, und fand sich so schön, daß er sich in sich selbst verliebte. Aber er konnte ja nicht mit sich selber vögeln, also war er immer traurig. Eines Tages ging er wieder zum Fluß, sah seine Gestalt in der Spiegelung und sagte: «Ich halt das nicht mehr aus, ich komm jetzt zu dir!» Er sprang in den Fluß und ertrank!

Es gibt hier einen Piratensender, und da sitzt ein Mädchen, die Tochter vom Besitzer . . . die ist so süß. Ich ruf sie manchmal an, um mit ihr zu reden: Ich rede mit ihr und nehme kein Blatt vor den Mund, so daß mich alle hören können, und manchmal kostet mich das Stunden, weil das Telefon immer besetzt ist. Wenn es endlich frei ist und sie abnimmt, erzähl ich ihr immer einen Haufen Lügen . . .

Ich verkauf mich gern . . . es gefällt mir.

Mein Vater hat mich auch verkauft. Einmal hat er das getan, als ich noch klein war, vier Jahre alt, er zog einen Zettel aus der Brieftasche, um mich zu erschrecken, und sagte zu mir: «Siehst du, jetzt verkauf ich dich, ich habe schon den Scheck, die Urkunde . . . gleich kommen sie dich holen.»

Also hab ich angefangen zu heulen, und er hat gelacht und gesagt, er hätte Spaß gemacht. Bei Tisch hat er das alles erzählt, und ich hab wieder nichts mehr gegessen. Meine Mutter hat auch fast nichts gegessen. Also mein Vater hat gesagt: «Ißt du vielleicht heimlich, um mir eins auszuwischen bei Tisch?» Mich hat er dann auch gefragt: «Marco, ißt Mama vielleicht heimlich?» Ich hatte gesehen, wie meine Mutter das Essen abschmeckte, und hab ja gesagt. «Ja, Mama ißt heimlich.»

So hat mein Vater meiner Mutter eine Ohrfeige gegeben und mir eine Belohnung . . . Ich hab es meinem Vater jeden Tag wieder erzählt. Von da an hat mich meine Mutter mit Fäusten ganz schön bearbeitet, damit ich den Mund halte und von dieser fixen Idee loskomme.

Weihnachten hab ich Freundschaft geschlossen mit Maria. Wir sammelten Papier für den Buchbestand der Kirchenbibliothek. Wir hatten nur wenige Bücher, und die, die wir hatten, waren auch schon leicht hinüber. Wir sammelten Papier, um es dann zu verkaufen. Jetzt sind wir wie zwei Geschwister: Wir streiten uns dauernd, weil wir uns eben dauernd streiten, aber ansonsten sind wir wie die Diebe von Pisa, wir hängen dauernd zusammen. Wir krachen uns, streiten, vermöbeln uns, aber wir vertrauen uns gegenseitig alles an. Ich besuche sie zu Hause, und sie kommt manchmal zu mir nach Hause, wir fahren zusammen ans Meer, wir gehen zusammen aus. Mich und Maria haben sie immer geschnitten, sie wegen dieses Lasters mit dem Finger im Hals, mich, weil ich so bin. Aber unsere Familien sind eng befreundet, und wir haben uns besser kennengelernt wegen der Geschichte mit dem Papier für die Bibliothek.

Sonntags zogen wir los, mit fünfhundert Lire in der Tasche, und wußten nicht, wo wir hingehen sollten. Hin und her, schließlich nahmen wir den Bus und fuhren fast immer in die Stadt und trieben uns in Rom rum. Wir hatten so viel Spaß, wir beide allein! Ein Gag jagte den anderen, dann haben wir Witze gerissen über einen Alten und dann über die Soldaten. Am Ende hatten ich und Maria uns besser amüsiert als die anderen, die immer in Cliquen loszogen!

Beim Karneval gingen alle sich amüsieren, sie gingen tanzen. Aber wir, anstatt zum Karneval tanzen zu gehen, gingen nachmittags aus, sie verkleidet als Straßenfeger, ich verkleidet als Jäger, ihr Zwillingsbruder verkleidet als verrückter Wissenschaftler. Wir waren schließlich ganz schön viele, weil wir uns noch mit ein paar anderen jungen Leuten angefreundet hatten, ich freunde mich schnell an und Maria auch, auch mit Leuten, die wir gar nicht kennen. Wir hatten unsern Spaß, aber am nächsten Morgen haben wir gehört, wie die anderen erzählten: «Sie waren widerlich, sie haben uns blamiert! Wir hatten gar keinen Spaß . . . Fehlt nicht viel, und wir landen im Knast! . . . Wir haben nämlich Mehl auf die Pelzmäntel der Damen geworfen und Eier auch.»

Im Stadtzentrum war eine Dame im Pelz zusammen mit einer anderen. Wir hatten verabredet, daß wir alle mit Schlagstöcken zuschlagen wollten, und außer den Schlägen haben wir sie noch mit Mehl und Eiern beworfen. Also haben wir gehört, wie sie schrien: «Vermaledeites Pack, da hinten ist die Polizei!» Alle sind abgehauen. Keiner war mehr da, nur ich und Maria. Kommt der Schutzmann und fragt: «Kennt ihr die da?» «Wir? Nein! Siehst du nicht, daß wir uns auch gerade Mehl abwischen?»

Ich hab keine Schwierigkeiten, mich zu amüsieren, ein bißchen Phantasie genügt. Ich und Maria, wir amüsieren uns mit geringen Mitteln, sogar wenn wir allein sind. Wir brauchen nicht so ein Mordstamtam wie die anderen aus der *borgata*.

Ich und Maria hatten auch mal Geschlechtsverkehr, also eher Petting, mehr nicht. Wir sollten Plakate kleben für die Kirche, und da sind wir in einen Hauseingang neben der Bar gegangen, wo die größeren Mietskasernen stehen. Schlagartig hab ich eine Hand zwischen meinen Beinen gespürt. War mehr ein Hieb als eine Hand. Ich hab mich runtergebeugt, aber ich hab nichts gesehen. Danach sind wir aus dem einen raus und die Plakate im nächsten Eingang kleben gegangen. Maria wußte nichts davon, daß ich homosexuell bin. Es war Samstag oder Sonntag vor Weihnachten. Maria sagte zu mir: «Marco, warum gibst du mir nicht einen Kuß?»

Ich hatte keinen Bock, daß Maria es erfährt, also hab ich ihr geantwortet: «Nimm dich in acht, ich genier mich weiß Gott nicht, ich geb dir einen!»

Ich dachte ja, sie hört auf, aber statt dessen hat sie gesagt: «Gib mir einen!»

Also hab ich's gemacht, und dann passierte folgendes, nämlich von einem Kuß zum anderen landeten wir schließlich beim Petting. Wir gingen in die Baracken. Ich weiß nicht, ob es ihr gefallen hat, ich glaube, es gefiel ihr einfach, es zu tun! Ich dagegen hab überhaupt nichts gespürt.

Vor einiger Zeit habe ich geträumt, ich wäre in einer Schule wie der Friseurschule, wo ich jetzt hingehe. Aber darunter war eine Garage mit Autobussen. Einer fuhr weg und einer kam, kurz hintereinander. Ich mußte in einen kleinen Raum gehen, im Sekundenbruchteil, zwischen einem Autobus und dem nächsten, sonst wäre ich zerquetscht worden. Es gelang mir hineinzukommen. Der kleine Raum war ein Klo, und gleich daneben lag die Küche, ganz klein wie eine Abstellkammer, eng und kurz, mit einem Fensterchen oben. Auf einem winzigen Tischchen lagen Eier mit Mayonnaise und schwarze Oliven, auch mit Mayonnaise drüber. Oben war das Fensterchen. Ich lehnte mich raus und stellte sofort fest, daß das Häuschen in der Luft hing. Darüber war der Himmel und darunter eine Wasserfläche. Es gab auch ein Seil, das aus dem Fenster lief und genau im Wasser endete. Das Häuschen mußte auch am Himmel mit einem Stahlseil aufgehängt sein, aber ich konnte nur das Seil nach unten sehen. Das Haus kam mir vor wie diese Eisenkäfige auf dem Rummel, wo du reingehst, und dann drehen sie sich um sich selbst ... Und tatsächlich fing das Haus irgendwann an, sich wie verrückt zu drehen ... Dann bin ich wach geworden ...

Nach Andrea, der mich ausgebeutet hat, habe ich einen Tapetenwechsel gemacht, bin mit der Kirche für vier Tage nach Monte Catino gefahren und hab mich besoffen. Mit dem Zwillingsbruder von Maria. Mario hatte fünf Glas Wein geschafft und war daneben, ich hab neun Viertel geschafft. Mario erzählte: «Ich will Priester werden, ich will mit Don Attilio reden!»

Ich hab ihm geantwortet: «Jaja, werd du nur Priester, und ich werd Nonne im Kloster, dann können wir zusammen ficken!»

Aber ich war besoffen, das heißt mehr als besoffen, ich war ein Wrack. Ich hatte wirklich Paranoia: Ich wollte abhauen und im oberen Stockwerk bei den Frauen schlafen, ich war doch eine Frau. Dann hab ich ins Waschbecken gepißt, weil sie mich nicht rauslassen wollten. Am Ende hab ich noch gekotzt, wollte aber immer noch abhauen. Wenn Mario mir nicht am nächsten Morgen das Frühstück gebracht hätte, hätte ich nichts gegessen, ich hätte es nicht geschafft, nicht weil ich behindert gewesen wäre, aber mir hat der Kopf so weh getan, jedes Geräusch dröhnte darin rum, als wenn er hohl wäre, jedes Geräusch hat genervt. Als kleiner Junge hatte ich die Engelchen gesehen. Meine Mutter erzählte, ich hätte vom Fenster aus die Engelchen gesehen, aber sie wußten nicht, daß ich mich besoffen hatte. Ich öffnete das Buffet, wo die Schnäpse standen. Das war ein langer Hängeschrank, und ich klammerte mich dran. Sie konnten mich nicht sehen. Mein Vater putzte damals nachts immer die Großmärkte und rief ab und zu an, um zu hören, wie es mir ging: Ich sah aus dem Fenster die Engelchen, die kleinen

Madonnen, ich wollte mich umbringen. Kurz und gut, meine Mutter hat wer weiß was gedacht, was mit mir los war. Am Ende hat sie gemerkt, daß Wein fehlte, und kapiert, daß ich mich besoffen hatte. Aber diesen Winter hab ich Cognac wie Wasser gesoffen, Samstag hab ich vierzigprozentigen Whisky getrunken und nichts gemerkt. Das war morgens um elf.

Noch mal zu Monte Catino, da ist was Unerfreuliches passiert, was meine Beziehung zu Maria betraf. Wir sind ins Dorf gegangen, um die Messe zu hören. Ich und Gina blieben etwas zurück. Ich wollte mit Gina reden, wir hatten gesehen, daß Maria weiter vorn lief, aber sie hatte sich versteckt. Am Anfang hab ich mit Gina über dies und jenes geredet, dann hab ich sie gefragt: «Hör mal, ich weiß ja nicht, und ich will's auch nicht wissen, aber mir kommt es so vor, als hätte Maria dasselbe Problem wie ich. Ich glaub ja nicht, aber ich weiß nicht!»

Der Bruder ist ein bißchen effeminiert, sie sind Zwillinge. Er hat sich sehr verändert, früher war er noch viel effeminierter, jetzt schon viel weniger, jetzt sieht man es fast gar nicht mehr, man muß schon genau aufpassen, wenn man es merken will. Er ist ein stinknormaler Typ, ich weiß es, er hat nämlich mit bestimmten Mädchen rumgemacht. Er wird jetzt sehr männlich, aber Maria ist noch männlicher. Aber ein bißchen boshaft sind sie alle beide, das ist man eben, auch wenn man es gar nicht will.

Ich hab also zu ihr gesagt: «Ich glaub, Maria hat dasselbe Problem wie ich, hoffentlich nicht!»

Ein Krach, ich höre Steine fliegen, aber ich wußte nicht, wer das war. Ich seh einen Schatten, dreh mich um, krieg einen Tritt und höre: «Verpiß dich bloß, alle beide, ich will nichts mehr von euch wissen!»

Es war Maria: Sie hat das übelgenommen mit mir und Gina. Und mir tat es leid, daß sie es Gina mehr übelgenommen hatte, denn Gina hatte letzten Endes nichts damit zu tun, wir hatten doch auch gar nichts Schlimmes gesagt, ich weiß nicht, was das, was wir gesagt hatten, für sie bedeutete. Gina ist zu ihr hingerannt, und Maria hat sie angebrüllt: «Nein! Ich will nichts mehr davon hören, hau ab, hau ab!»

Und dann ist sie auch gerannt. Schließlich habe ich beschlossen, ihr alles zu sagen, was wir erzählt hatten, damit sie nicht auf Gina sauer ist. Ich hab's ihr wirklich alles erzählt, und Maria hat abends wieder Frieden mit Gina geschlossen. Später wollte sie noch ein paarmal Geschlechtsverkehr mit mir, aber ich glaube, in Wirklichkeit wollte sie das mehr, weil sie mich ändern wollte, als weil sie Lust dazu gehabt hätte. Gina gehört zu den Mädchen, über die auch gemunkelt wird: In der Schule heißt sie die Heilige, oder vielmehr hieß sie, denn jetzt ist sie das nicht mehr. Jedenfalls gab es Gerüchte, daß sie mit Marias Bruder ins Bett gegangen ist, mit dem größeren. Im ersten Augenblick hab ich das nicht geglaubt, aber dann hat es mir Marias Schwägerin erzählt: «Ich hab sie gesehen, sie war meine Freundin!» Und da hab ich es geglaubt und bin echt sauer geworden.

Mein Vater und meine Mutter haben aus Daffke geheiratet, weil die Mutter meines Vaters das nicht wollte. Ich bin todsicher, mein Vater und meine Mutter haben sich niemals «Ich hab dich lieb» gesagt. Ich hab nur einmal gesehen, daß sie sich ein Küßchen gaben, bei der Hochzeit meiner Schwester, nachdem man sie darum gebeten hatte. Ansonsten habe ich sie nie bei so etwas gesehen, hab nie gehört, daß sie «Ich hab dich lieb» sagten, und sie nie untergehakt gesehen, nichts.

Mein Vater ist so ein Normaler . . .

Mein Vater trug immer Unterhosen mit Schlitz, solche altmodischen, weißen, mit Bein und mit der Öffnung vorn. Als ich klein war, sollte ich unbedingt Mittagsschlaf machen. Also blieb ich in der Kammer mit meinen Schwestern und tat so, als ob ich schliefe. Kaum waren sie eingeschlafen, ging ich in der Wohnung herum und aß Zucker. Einmal ist mir die Dose runtergefallen, und sie sind aufgewacht. Einmal schlief mein Vater und lag dabei so, daß man ein bißchen was sehen konnte . . . Also bin ich ins Schlafzimmer reingegangen und hab ihm den Schlitz weiter aufgemacht und ihn ganz gesehen. Dann bin ich davongelaufen und schlafen gegangen. Als sie aufgewacht sind, haben sie es wohl gemerkt, denn meine Mutter sagte zu mir: «Du bist ein Dreckfink!» Aber ich erinnerte mich nur noch an Haare . . . ganz viele, schwarze, lockige Haare.

Am nächsten Tag wollte ich bei meiner Mutter im Bett schlafen, aber das wollten sie nicht. Also hab ich gewartet, bis sie eingeschlafen waren, und bin dann auf allen vieren zurückgekrochen und hab gesehen, wie sie Arm in Arm dalagen. Aber gemacht haben sie nichts. Ich habe meine Mutter an der Schulter angefaßt und als ich sah, daß sie wach wurde, bin ich geflitzt. Deshalb hat meine Mutter ganz schlaftrunken meinen Vater gefragt, ob er sie angefaßt hätte.

Meine Mutter ist gut, sie kann sehr gut kochen und gut singen, und wenn sie will, kann sie sich auch schminken . . . aber ich kann das alles auch. Mich anziehen, schminken, singen. In alten Zeiten haben sich die Männer doch schließlich auch geschminkt! Und haben im sechzehnten Jahrhundert die Männer nicht auch Perücken und lange Strümpfe angehabt . . . und haben die in Schottland nicht auch Röcke an? Singen Männer etwa nicht? Gesang ist keine Frauensache.

Mein Vater nennt sich Genosse, aber nach dem, was er zu Hause macht, ist er ein Faschist. Der klassische sizilianische Typ. Fährt zu seiner «Mama» und kommt wieder, weil er Krach gekriegt hat.

Meine Mutter dagegen geht zu der Nachbarin unter uns, um eine Zigarette zu rauchen. Dann kommt sie wieder rauf und stellt fest, es ist schon spät, und mein Vater kommt bald. Also wirft sie sich aufs Bett und sagt, es geht ihr schlecht, und es bleibt an meinem Arsch hängen, ich muß nämlich aufräumen. Inzwischen allerdings haben sie Krach, weil ich nichts mehr mache. Mein Bruder verläßt schließlich auch sein Bett, als ob nichts wäre, man muß es völlig neu machen. Wenn ich meins nicht mache, meckern sie, bei ihm nicht.

Jetzt habe ich aber durchgesetzt, nach einem Haufen Kämpfe, daß ich keinen Bock habe, mein Bett zu machen, er macht es ja auch nicht: Das finde ich nicht gerecht! Er geht zur Arbeit, aber ich gehe zur Schule, und arbeiten gehe ich jetzt auch. An dem Tag, als ich zu arbeiten angefangen habe, hatte ich morgens einen Mordskrach mit ihm und mit meinem Vater . . . Mein Bruder hat früher auch gekifft, aber jetzt arbeitet er und ist zu beschäftigt zum Kiffen. Außerdem hat er eine Freundin, und das Geld gibt er Mama oder der Freundin. Er ist oft zu Hause, und ich sehe ihn jetzt öfter. Er ist verschlossen, redet nicht, er läßt sich nicht herab, mit mir zu reden.

Er hat diesen klassischen sizilianischen Charakter, er geht sofort hoch. Wenn es ihm paßt, Witze zu machen, darf man ruhig Witze machen, aber wenn es ihm nicht paßt, dann darf man es eben nicht. Er ist der Liebling des Hauses, denn er hatte Kinderlähmung als kleiner Junge. Als das Erdbeben im Friaul war, kam er wieder nach Hause. Er war nämlich beim Militär, obwohl er nicht gemußt hätte, wenn er nicht gewollt hätte. Er wollte aber hin, weil er niemandem zeigen wollte, daß er einen Defekt hat, denn für ihn ist das ein Defekt. Seine Kaserne ist eingestürzt, und ich hab mit dem ganzen Haß, den ich gegen meinen Bruder habe, gedacht: «Konnte der nicht auch unter den Trümmern liegen?» Wenn mein Bruder etwas macht, ist es immer toll, auch wenn er es schlecht macht! Mache ich es, womöglich genauso wie er, meckern sie sofort mit mir rum! Er arbeitet als Lithograph in einer Druckerei. Wenn er mit irgend jemand über seinen Kram reden muß, dann mit seiner Freundin oder mit Mama. Zu meiner Mutter hat er mal gesagt, er will keine Tunten in der Wohnung . . . das Schwein! Er ist doch selbst mit Lady gegangen . . . verdammter Lump! Er, Maurizio, Massimo und Claudio sind alle mit Lady ins Bett gegangen . . . alle haben gekifft. Lady hat mir erzählt, er hätte einen dicken Schwanz, und wenn Lady zu ihm ging, hätte er sich gefühlt wie eine Frau. Ich hab nicht gefragt, wie mein Bruder im Bett ist . . . interessiert mich doch gar nicht. Ich will mich nicht ändern, bloß weil ich denen hier zu Hause nicht passe, fehlt noch, daß ich mich ändere! Selbst wenn ich normal werde, würden sie mich nicht akzeptieren. Wenn ich so bleibe, haben sie wenigstens eine Entschuldigung: Ich bin ja krank. Ich will nicht wieder «normal» sein. Mein Vater ist schuld, der muß immer sticheln.

Er hat mir eingeredet, daß ich der Skandal der Familie bin. Was es bedeutet, aus Sizilien zu stammen, weiß man ja. Ob es in meiner Familie schon vorher Homosexuelle gegeben hat, weiß ich nicht. Jedenfalls wenn es sie gegeben hat, ausgeschlossen, daß sie es gesagt haben, und überhaupt wurde die Sache verschwiegen, sie war ja eine Schande für meine Familie.

Im September hab ich es zu Hause erzählt: ich wollte auf die Friseurschule, und mein Vater wollte mich Dreher lernen lassen. Ich hatte keinen Bock, Dreher zu werden, abgesehen davon, daß es mir nicht gefällt, aber ich hab auch nicht das Gefühl, ich könnte das. Es ist genauso, als wenn sie einen, der schreibt, Hilfsarbeiter werden lassen! Körperkraft hätte ich schon gehabt, aber keine Willenskraft, und wenn der Wille fehlt, dann fehlt es an allem!

Wir sind zu dieser Schule für Dreher gegangen, und sie haben meiner Mutter erzählt, alle Plätze sind besetzt, aber es tritt immer jemand im letzten Moment zurück, und sie würden es ihr dann mitteilen. Ich hab mich allerdings kurz danach an der Friseurschule eingeschrieben. Mein Vater hätte fast den Löffel aus der Hand gelegt, und meine Mutter fand es auch nicht besonders gut. Jedenfalls am 18. September, ich war zu Hause, klingelte das Telefon, und meine Mutter nahm ab. Es waren die Leute von der Dreherschule. Sie wollten erzählen, daß ein Platz frei ist. Ich hab sofort geschrien: «Nein! Da geh ich nicht hin! Da könnt ihr mich nicht hinschicken, wenn es mir nicht gefällt! Ich geh da nicht hin!»

Meine Mutter entgegnete: «Wenn es dir nicht gefällt, gehst du nicht. Mach dir keine Sorgen.»

Aber das hat sie nur gesagt, damit ich schnell ruhig werde, sie hat nämlich mitgekriegt, daß ich so mit den Nerven fertig war, daß ich alles mögliche gemacht hätte. Als mein Vater kam, haben wir uns an den Tisch gesetzt, und meine Mutter hat ihm erzählt: «Die Schule für Dreher hat angerufen, und die haben einen Platz, aber Marco hat keine Lust, dort hinzugehen.»

Er sagte: «Stimmt das?»

«Ja, ich geh lieber arbeiten als auf die Dreherschule!»

Er zurück: «Verdammte Scheiße, und warum bist du dann die ganze Zeit nicht arbeiten gegangen? Hier in meinem Haus tust du das, was ich bestimme, geh mir bloß nicht auf den Sack!»

Und dann hat er angefangen, mich zu schlagen. Ich bin ihm durch die Lappen gegangen und abgehauen. Ich bin schon mal von zu Hause abgehauen, und als sie mich geschnappt hatten, hat mein Vater gesagt: «Diesmal geht das noch so. Nächstes Mal ist hier Sense: Wer nicht da ist, zählt nicht mehr!»

Kurz und gut, er hat mir klargemacht, er würde beim nächstenmal nichts mehr unternehmen, um mich wiederzukriegen, auch keine Anzeige bei der Polizei. Ich bin abgehauen. Ich hatte seit dem frühen Morgen nichts mehr gegessen, aber Hunger hatte ich auch nicht. Ich renne, renne, renne . . . Mehr als einen Kilometer bin ich gerannt. Ich komme kurz vor Tiburtino III an. Sehe eine Bar und halte an. Das erste, was mir einfällt, ist, Rita anzurufen. Meine Mutter hatte das Tagebuch gelesen, aber mir nichts davon erzählt. Meine Schwester hatte es mir erzählt. Sie sagte: «Paß auf Marco, Mama hat dein Tagebuch gelesen, ich weiß nicht, wie du das jetzt hinkriegen willst . . . Sie hat gesagt, sie will es Papa erzählen.»

Also war ich auf alles gefaßt. Meine Mutter hat mir nichts erzählt, nur als sie zurückkam, sagte sie: «Marco, es hat ein gewisser Sergio angerufen.»

Es stimmte gar nicht. Sie hatte den Namen nur im Tagebuch gelesen. Ich hab mich gebremst, denn ich hatte sie durchschaut. Abgesehen davon war Sergio gerade in Frankreich. Aber sie hat mir nicht nachspioniert, und meinem Vater hat sie auch nichts erzählt.

Also hab ich bei Rita angerufen, und sie war da. Sie sagte, ich soll ihr die Telefonnummer geben, sie würde bei meinen Eltern anrufen. Im ersten Moment war ich nicht einverstanden, ich hatte Angst. Am Ende hab ich ihr die Nummer doch gegeben, und sie hat bei mir zu Hause angerufen. Mein Vater war nicht da, er war bei meiner Großmutter. Rita hat mit meiner Mutter gesprochen, und meine Mutter hat ihr die Geschichte auf ihre Weise erzählt. Aber sie hat ihr nicht erzählt, daß mein Vater mich geschlagen hatte. An einer Stelle hat Rita zu ihr gesagt: «Signora, Sie haben völlig recht, aber wenn Marco homosexuelle Funktionen hat, was zum Teufel wollt ihr dann von ihm?» So hat sie es natürlich nicht gesagt . . . sie hat es ordentlich formuliert.

Als mein Vater kam, hat meine Mutter es ihm erzählt. Ich bin nicht zu meiner Mutter nach Hause gegangen, ich wollte zu Rita und hören, was sie gesagt hatte, weil ich es am Telefon nicht richtig verstanden hatte. Abgesehen davon hatte ich eine Nervenkrise und das Gefühl, meine Arme sind gelähmt. Ich hatte eiskalte Hände und kalten Schweiß. Ich fuhr per Anhalter nach San Basilio, um Maria zu rufen, ohne zu nahe an zu Hause zu kommen. Sie kam, und zusammen sind wir nach Tuscolano zu Rita gefahren. Während der Fahrt hab ich sie auf den neuesten Stand gebracht. Inzwischen hatte ich Hunger bekommen, und Maria hat mir ein Stück Pizza spendiert und wollte hinterher nicht das Geld zurück. So einen Gefallen hat mir noch nie jemand getan, schwör ich. Also, nicht daß ich das ein Riesending finde, aber allein so, als Geste! Ich glaube an Freundschaft, aber es gibt auch Leute, die einen wegen so was abfahren lassen. Wir sind zu Rita raufgegangen, und die hat erzählt: «Dein Vater hat mich angerufen und gesagt, er will mit mir reden. Heute abend kann ich aber nicht hinfahren. Morgen kommt er zu mir. Sei ruhig, das läßt sich lösen!»

Abends ging ich nach Hause, ich hatte ziemlichen Schiß. Meine Schwestern waren da: Besonders wenn meine Schwester Rosalia da ist, kann man unbesorgt sein, dann ist die Luft zu Hause rein! Mein Vater hat nichts zu mir gesagt.

Am nächsten Morgen gingen wir zu Rita, und er redete. Am Nachmittag wollte er mit mir reden, aber da war ein Verwandter aus Sizilien gekommen, und deshalb konnte er nicht mit mir reden ... weißt du, diese Schande im Haus ... das ist doch nicht dein Ernst?!

Montag redete er mit mir, sagte: «Erzähl doch mal, wie fühlst du dich denn?»

«Nichts, ich fühl mich als Frau! Jetzt ist Schluß, ich hab mich wegen nichts zu schämen! Wenn es dir paßt, ist es okay, wenn es dir nicht paßt, ist es auch egal!»

Kurz, wir hatten eine lange Unterredung. Er fing an mit Geschichten, wie er als kleiner Junge zu den Nutten gegangen ist, daß die damals lange Kleider anhatten und daß es schon reichte, wenn sie die nur ein bißchen hochhoben ... und schon kriegte man Lust, sich einen runterzuholen! Also kurz, das übliche blöde Gerede, das nichts mit dem Thema zu tun hat. Dann sagte er: «Es gibt auch Behandlungen auf der Grundlage von Hormonen, dein Cousin macht so etwas auch! Wenn's ganz schlimm kommt, läßt du dich eben operieren!»

Mein Cousin wird damit behandelt, weil sein einer Hoden nicht richtig rausgekommen ist. Meine Mutter hat allerdings einen halben Nervenzusammenbruch gekriegt. Mein Vater hat mir vor einiger Zeit noch gesagt, daß ich mich unbedingt ändern müßte, und meine Mutter schenkt mir statt dessen das Schminktäschchen zu Weihnachten. Der Wind hat sich gedreht!

Aber mein Vater akzeptiert mich nicht so, wie ich bin. Ich sollte ihm alles erzählen, was ich gemacht hatte. Ich hab es ihm nicht erzählt, denn meiner Meinung nach war er eher neugierig als alles andere. Ich sehe in meinem Vater nicht jemanden, der mir hilft, sondern jemanden, den ich fürchten muß. Ich hab zu Hause mit dem Arsch gewackelt, mich geschminkt und oft und gern Frau gespielt. Mein Vater hat nie gemerkt, daß ich mit dem Arsch wackelte, daß ich mich schminkte und Frau spielte! Niemals, die ganzen achtzehn Jahre, ich bin nämlich jetzt achtzehn!

Jetzt achte ich beim Gehen darauf, große Schritte wie ein Mann zu machen. Ich darf nicht mehr mit dem Arsch wakkeln, er sagt: «Zieh dies Hemdchen aus, ich mag das nicht, kämm dir die Haare nach hinten!»

Echt, wenn ich nach Hause komme, muß ich mir die Haare nach hinten kämmen, aber wenn ich aus dem Haus gehe, kämme ich sie wieder nach vorn: Ich muß immer ein Doppelspiel machen!

Ich hab die Faxen dicke. Wenn mein Vater meine Homosexualität anerkennen würde, brauchte ich, glaub ich, nicht mehr Clown zu spielen. Ich kann nicht mehr. Zu Hause bin ich unterdrückt, bei der Arbeit bin ich unterdrückt, und deshalb muß ich, wenn ich ausgehe, einen auf Clown machen. Ich wackle mit dem Arsch, singe, provoziere, lache, blase mich auf. Zuviel Arbeit, acht Stunden im Laden, eine Stunde Bus morgens zur Arbeit hin, eine Stunde abends zurück, todmüde. Ich hab gar kein Interesse mehr für Sport oder Politik. Früher mit meinen Freunden aus dem Technischen Institut, mit denen ich immer gekifft habe, nicht die aus der Bar, früher mit denen hab ich auch über Politik geredet . . . Jetzt interessiert mich das nicht mehr. Die Beziehung zu Maria war früher auch enger . . . Jetzt nicht mehr so, jetzt gibt's immer Arbeit. Ich und Maria sind immer rumgezogen, haben uns geprügelt und Witze gerissen. Bei «prügeln» fällt mir ein, Sonntag bin ich mit den anderen Tunten, mit denen ich befreundet bin, im Bus zur Piazza Navona gefahren. Wir haben angefangen, uns gegenseitig durch den Kakao zu ziehen und uns zu prügeln. War ein Heidenspektakel . . . Sie wollten uns anzeigen . . . Wir haben das nur so gemacht, aus Spaß, wir haben Witze gemacht über jede von uns, die gekleidet war wie ne Freak-Eule, ich hab meinen Lachkoller gekriegt, du kannst dir die Leute vorstellen, denen sind die Augen rausgequollen.

Irgend jemand im Bus hat gesagt, wir stehen wohl unter Drogen. Ich hatte wirklich ein bißchen geraucht und Cecilia auch. Ich lernte zwei Mädels, nein, besser zwei Tunten kennen, die auf Heroin waren. Die hatten keine Zähne mehr, konnten kaum noch reden und hatten auch nicht mehr viele Haare. Ich hab einen Schreck gekriegt und geb mir jetzt Mühe, nicht mehr zu kiffen.

Wenn ich gekifft habe, geht's mir besser, ich fühle mich nicht mehr so unwohl zwischen den ganzen Leuten . . . ich fühle mich normal, heiter, ruhig. Und schließlich, was für ein Unterschied liegt schon zwischen einem Glas Wein und einem Stäbchen? Meine Mutter sagte zum Beispiel, wenn sie müde war, brauchte sie einen Schluck Wein, also hängte sie sich an die Flasche, wenn sie das brauchte . . . Wer zuerst kam, hängte sich dran, aber nie ist in meinem Elternhaus jemand besoffen gewesen . . . Nur Opa hat sich besoffen, wenn er traurig war . . . ein bißchen wie ich mit dem Stäbchen! Wenn ich traurig bin oder wütend, drehe ich mir eins.

Mein Vater hat mir nicht mal die sexuellen Funktionen zwischen Mann und Frau erklärt. Als ich zwölf war und die fünfte Klasse zum zweitenmal machen mußte, haben sie mich aufgeklärt. Der Lehrer hat mich aufgeklärt, und dann hat mich meine Schwester noch mal aufgeklärt, weil ich es nicht richtig kapiert hatte.

Nach der Friseurlehre wollte ich eine Lehre als, na ja, nicht gleich Kosmetiker, aber als Visagist oder Maskenbildner machen. Ich möchte das machen, hier in Italien kann man nämlich nicht Kosmetiker werden. Für meine Mutter ist es jedenfalls schon wichtig, wenn sie merkt, ich schminke mich nicht mehr und fahre nicht mehr zum Bahnhof.

Ich versuche jetzt, ein homosexuelles Bewußtsein zu entwickeln. Wirklich, wann hab ich mir je Koteletten wachsen lassen oder eine Woche lang einen Bart gehabt? Heute habe ich mich rasiert, nach einer Woche. Früher hab ich das nie gemacht: Früher war mein Gesicht immer mit Gesichtsmilch und Tonikum gepflegt, dann ein Hauch Schminke, den man sieht und doch nicht sieht.

Es gab mal eine Zeit, da hatte mein Bruder Krach mit seiner Freundin und aß nichts. Eines Abends war er ausgegangen, und ich und meine Mutter waren unten im Treppenhaus und rauchten eine Zigarette. Mein Vater will nämlich nicht, daß meine Mutter raucht, damit sie die Wohnung nicht verpestet. Mein Bruder war noch nicht zurück, und sie sagte zu mir: «Du, dein Bruder hat noch nicht mal was gegessen!»

Und ich: «Na und, hab ich vielleicht was gegessen, als das mit Andrea war?»

Da hat sie begriffen, daß Andrea nicht nur ein Freund von mir war, der von zu Hause weggelaufen war, sondern daß ich mit ihm ging.

Also hat sie gesagt: «Du bist ja doch tapfer!»

Mein Bruder wußte schon vorher, was mit mir los war, und hat immer versucht, es zu Hause zu erzählen. Ich hatte es ihm nie gesagt, er hatte es erfahren, ich verkehrte nämlich in einer Bar, wo auch Mario war, ein Barkeeper, der mir gefiel. Der wußte es, hatte aber gesagt: «Wenn du mit mir zusammen sein willst, mußt du mir einen Haufen Kohle ranschaffen!»

Ich Idiot hab angenommen, ich hab tatsächlich zu Lady gesagt: «Lady, hör mal, erzähl mir mal, dieser Typ, der die Fotokopien macht, wieviel will der zahlen?»

«Warum das denn, was ist denn mit dir los, daß du Geld brauchst?»

Ich hab ihm die ganze Sache erzählt, und er hat gesagt: «Ich rate dir, sag nein, aber mach, was du willst. Guck mich an, was von mir noch übrig ist, seit ich für den anschaffe!»

Jetzt haben sie Krach gehabt und sich getrennt, aber Lady hat dann für einen Jungen angeschafft, und der hat ihm eines Abends, als Lady nicht viel Kohle gemacht hatte, sogar ein Messer in die Hüfte gerammt. Lady hatte hunderttausend Lire, und der Typ sagte, damit könnte er nichts anfangen. Danach hab ich ihm gesagt, ich hab keine Lust mehr, aber er gefiel mir trotzdem noch immer. Ich lernte nicht, ich arbeitete nicht, ich ging nicht einmal mehr vor die Kirche, ich tat nichts, um zu ihm zu gehen. Fast genau gegenüber der Bar ist der Laden, in dem mein Schwager arbeitet. Die Gerüchte schwirren rum, besonders über jemanden wie mich. So kamen sie schließlich auch bei meinem Bruder an, und mein Bruder hat es zu Hause erzählt.

Ich hab zu ihm gesagt: «Bring mir die Schwester, dann werden wir ja sehen, ob ich schwul bin!»

Was sollen wir schon groß sehen! Ich bin schwul. Ich muß es mir sagen, sonst habe ich Illusionen . . . Aber ich habe geträumt, daß ich mit Piera ins Bett gegangen bin, einem Mädchen, das auf die Friseurschule geht.

Ich wollte gerade Penetration von vorn machen, da kommt – im Traum, ja! – die Chefin von dem Laden, und wir mußten aufhören. Als die Chefin kam, wurde der Traum gerade toll, und ich hätte endlich mal sehen können, ob ich nun ficken kann oder nicht! So hab ich es nicht rauskriegen können, weil ich wach wurde, verdammte Sauerei! Kaum war die Chefin da, bin ich aufgewacht! Aber Piera muß ich noch mal irgendwann legen . . . Vielleicht im Traum, ich krieg doch mit Frauen immer nicht richtig einen hoch.

Freitag abend bin ich mit einem Mann mitgegangen . . . aber nicht wegen Anschaffen. Aus Liebe. Das heißt, ich bin nicht mit ihm mitgegangen. Ich bin ihn suchen gegangen. Also bin ich doch nicht dabei, mich zu ändern!

. . . eine Frau . . . und dann die Schuhe . . . / Mädchen mit langen Beinen / Striptease-Kostüm / Musik Bühne Feuer / Straße / ein Auto hält auf einer Straße / ein Mann ein Junge / eine Spritze / Zigarette / ein goldenes Feuerzeug / ein Ring . . .

Lello wollte mir einen / Ring schenken und mich heiraten . . . Wie schön! . . . Er gab mir / süßeste Küsse . . . wir hatten gewettet . . . / wir gingen ins Kino und waren lustig. / Ich bin zum erstenmal ins Bett gegangen . . . die Süße, die darin lag! In Villa Borghese bin ich zum erstenmal ins Bett gegangen. Er nahm mich so / als wär ich eine Frau, küßte mich auf Hals und Mund . . . / . . . dann, als wir Streit hatten, hat er Hand an mich gelegt . . . / Schwanz Junge Eier Sack / Eine Lederjacke und dazu / sehr enge schwarze Hosen / Puder und dazu ein Stift für die Augen und dazu Lidschatten / ein Pantoffel / Nachthemd durchsichtig sexy / Unterhöschen / Slip / Präservative . . .

Mir tut die Brust weh . . . genau an den Warzen . . .

Mit meinem Bruder rede ich nicht mal mehr abends, wenn wir im selben Zimmer sind: Er liest Comics, und ich höre Radio.

Dann fängt er an zu meckern, weil ich die radikalen Piratensender anhabe und ihn das anödet, aber manchmal kriegt er die Aufrufe für das Referendum mit und sagt: «Alle an die Wand stellen!»

Bei uns zu Hause wird nicht über Politik geredet. Bloß ich versuche manchmal, ein Gespräch zustande zu bringen, aber mein Vater bleibt eisern. Mir erzählt er, er ist Genosse, aber ich kann keinen Genossen entdecken! Vielleicht ist er Genosse in dem Sinn, daß er KP wählt, ja, aber wenn er KP wählt und sich dann mir gegenüber benimmt wie ein Faschist, dann ist er kein Genosse! Solche Leute sind für mich keine Genossen!

Bei mir zu Hause sagen sie zu mir: «Seine heilige Bequemlichkeit!» Die sind alle blitzschnell . . . Tante Anna weniger . . . die weniger . . . Ich soll ihr jeden Sonntag die Haare shampoonieren. Sie ist Schneiderin, aber knickrig und bösartig: Meine Mutter mußte alle Kleider, die sie ihr genäht hat, bezahlen, aber ich soll ihr die Haare umsonst shampoonieren und legen und sie schminken, und dann kritisiert sie auch noch daran herum, diese Hurentochter, die ist ja nicht ganz dicht! Erst ist sie zufrieden, dann ist sie plötzlich nicht mehr zufrieden und geht einem auf die Eier!

Sie ist 35 und erzählt immer, sie ist eine ehrbare Dame, aber sie geht in den Park. Ich mische mich nicht in die Angelegenheiten anderer Leute ein, aber wenn mir eine erzählt, sie ist ne ehrbare Dame, und dann in den Park geht, dann muß ich ihr einfach klarmachen, daß das ein Widerspruch ist. Also haben wir Mordskrach. Meine Oma arbeitet als Dienstmädchen bei ihr. Als ich zwölf war, hat Tante Anna mir erzählt: «In deinem Alter habe ich schon längst gearbeitet.» Ich hab meine Oma gefragt, und die hat gesagt: «Das stimmt gar nicht!»

Aber sie hat dieselben Fehler wie ich. Ich widerspreche mir auch. Sie ist auch ehrgeizig und möchte sich was anschaffen, eine schöne Wohnung haben . . . Sie tut alles für ihre Wohnung.

Samstags traf ich mich immer mit meinen Kumpeln aus der Gemeinde zum Katechismus: Wir lasen ein Stück aus der Bibel oder aus dem Evangelium, was weiß ich. Jeder interpretierte es nach seiner Fasson, ich fand es zum Kotzen und ging. Es gab ja nicht nur die Hostie, es gab auch Wein zu trinken. Deshalb war ich ja bloß hingegangen! Als kleiner Junge war ich Meßdiener, ich ging morgens dem Sakristan helfen, damit ich hinterher Wein trinken gehen konnte.

Trotzdem, mit denen aus der Gemeinde treffe ich mich jetzt auch noch, immer vor der Kirche. Aber sie machen immer solche Sachen, und ich gehe höchstens noch vor die Kirche, um den einen oder anderen Freund zu treffen, der mich wirklich interessiert, und größtenteils gehe ich hin, wenn Maria und ich da verabredet sind. Es gab da Pater Celestino . . . diese Sau! Als meine Oma ihm mal gesagt hat, nach ihrer Meinung müßten die Kleider für die Erstkommunion für alle Kinder gleich sein, hat er geantwortet: «Das geht nicht, daß sie alle gleich sind! Marco zum Beispiel hätte auch mit einem Loch geboren werden sollen, und statt dessen ist er mit einem Stöckchen zur Welt gekommen!» Er faßte die kleinen Mädchen an und hob ihnen die Kleider hoch unter dem Vorwand, er machte Spaß.

Als ich sieben war, lag ich im Ehebett unter einer neuen roten Decke. Ich lag genau in der Mitte, ich war nämlich krank. Es war Ostern. Ich sah wirklich aus wie eine Gräfin, wie eine Prinzessin, genau wie in den Märchen . . . die in diesen großen Betten liegen. Don Celestino kam, um das Haus zu segnen, und als er das Schlafzimmer segnete, nahm er so viel Wasser, daß er mich mit vollspritzte. Er hat mich total vollgespritzt und ganz boshaft gelacht.

Ich bin Maria dankbar wegen dem Geschlechtsverkehr, wenn es bis jetzt auch bloß Petting war, aber so hab ich wenigstens erfahren, daß ich hundertprozentig homosexuell bin. Jedenfalls hat sie gemerkt, daß ich keine Erektion bekam. Die krieg ich nur, wenn ich mit einem Mann gehe und der mir gefällt.

Ich hab niemals Schuldgefühle gehabt. Das heißt, ganz am Anfang doch, um ehrlich zu sein . . . weil ich sah, wie alle mich geschnitten und mich mit «Frau» angeredet haben, aber letzten Endes war das für mich ganz natürlich, ich fand das nicht komisch! Ich blieb dann tatsächlich lange Zeit immer nur in der Schule oder zu Hause. Ich ging nicht aus dem Haus, nicht mal zum Milchholen. Eines Abends kamen Jungen hinter mir her, genauso wie an dem Donnerstag vor ein paar Wochen, aber heutzutage, wo ich alles kapiert habe, habe ich keine Schuldgefühle . . . nein, es war kein Trauma, absolut nicht! Ich hab es genommen, wie es kam. Ich gehe sowieso so an das Leben heran: Wie es kommt, kommt's. Was morgen ist, interessiert mich nicht. An morgen interessiert mich nur eine Sache: früh sterben! Ich habe keine Angst vor dem Tod, ich habe Angst vor dem Altwerden, denn ich weiß ja, irgendwann morgen werde ich allein sein. Unser Leben ist mit fünfundzwanzig, dreißig spätestens zu Ende. Ich bin jetzt achtzehn und hab noch nie was bezahlt, um mit einem Mann zu gehen, im Gegenteil, die Männer haben mir oft und gern was bezahlt. Aber wenn ich alt bin und mit einem Mann gehen will, den ich mag, dann bin ich dem doch ekelhaft, ein Mann ist immer ekelhaft!

Wir sind Imitationen von Frauen, und unser Reiz ist schnell zu Ende . . . Der hält nicht so lange wie bei einer Frau. Die kann auch mit vierzig noch eine schöne Frau sein! Wir sind okay, solange wir jung sind, aber wenn wir anfangen, alt zu werden –! Ich hab bis jetzt viele Jungen gehabt, und ich behaupte, sie haben es ehrlich gemeint – obwohl sie es dann zum großen Teil doch nicht ehrlich gemeint haben! Trotzdem, jetzt können sie immer noch wegen irgendwas mit mir gehen, zum Beispiel weil ich ihnen Geld einbringe. Aber wenn ich erst mal alt bin, dann haben sie nicht mal mehr den Grund.

Obwohl mir ja reife Männer gefallen . . . ich weiß nicht, wie ich es ausdrücken soll . . . In mir drin weiß ich, was los ist, aber es ist schwer zu erklären . . . Zum Beispiel, ein Junge will mit zu mir kommen, und ich bin schon vierzig: Ich rechtfertige mich dann damit, daß ich ihm was bezahle für die Nummer, die er mit mir schiebt! Wenn die Jugend verblüht, dann verblüht alles! Wenn ich erst mal vierzig bin, kann niemand mehr bei mir bleiben und sich einbilden, er könnte mich auf den Strich schicken. Wenn ich mit vierzig anschaffen gehe und ein Stricherleben führe, kommt doch keiner mehr mit mir mit, denn ich bin alt . . .

Ja . . . ich hab Angst vor alten Männern, vor dem Altwerden, ich will nicht so enden wie Lady, die Tunte, mit der ich befreundet bin. Die wird nie genug Geld haben, um sich operieren zu lassen, denn Lust zum Arbeiten hat sie keine, und außerdem würde ihr das auch nichts nützen . . . Lady ist ein gescheiterter Päderast, aus dem einfachen Grund, weil er nur einsfünfzig groß ist und mindestens neunzig Zentimeter breite Schultern und ungefähr dreißig Zentimeter Taille hat. Er hat ein grauenhaft faltiges Gesicht und zwei winzig kleine Augen mit Ringen drunter, die aussehen wie Wärmflaschen. Die Nase sieht auf der einen Seite aus, als hätte sie einen Einschußtrichter, und die Nasenlöcher sehen aus wie Eisenbahntunnel. Er hat eine derart rauhe Haut, daß ich immer das Gefühl hab, ich fasse auf Sandpapier, wenn ich ihn schminke, und lange Haare, aber ganz dünne, und diese paar Fädchen legt er über die ganze Kopfhaut. Er schminkt sich wie eine Hure, und manchmal malt er sich die Augen mit Kugelschreiber an. Er wohnt in einer Baracke, und wenn er Farbe für die Haare oder Puder und Lippenstift oder ein Fläschchen Parfum zu fünfhundert Lire kaufen muß, dann ißt er weder mittags noch abends und tut so, als ob er sich sowieso zu pummelig fühlt. Dabei wiegt er sechsundvierzig Kilo, das ist echt wenig! Morgens steht er um acht auf, rasiert sich, wäscht sich, schminkt sich, zieht sich seine paar Fähnchen an (lauter Trödelklamotten) und fängt an aufzuräumen. Mittags ißt er ein Rosenbrötchen und ein winziges Stückchen Schokolade. (Winzig deshalb, sagt er, weil er sonst zu dick wird, und außerdem sagt er: «Ich bin sowieso schon klein, und wenn ich auch nur ein einziges Kilo zunehme, werde ich eine Kugel.») Dann liest er einen Fotoroman, entweder *Grand Hotel* oder *Bolero*. Das Ganze geht so bis acht Uhr abends: Er sitzt in einer Zimmerecke auf einem Stuhl und seine Mutter in einem zusammengeflickten Sessel, mit dem Heizofen vor sich, in der anderen Zimmerecke . . . Er geht nie aus und entschuldigt das immer damit, daß seine Mutter alt ist und abends Angst vor Einbrechern hat! Die Tür ist doch kaputt. (Aber was sollen die Einbrecher eigentlich klauen kommen, wenn die Wohnung mit Trödel möbliert ist?!)

Nein, das ist nicht der Grund, der Grund ist, er hat nie einen Pfennig Geld in der Tasche, weil er nicht arbeitet und ihm seine Mutter nicht mehr als ein paar tausend Lire im Monat geben kann. Sie geht nämlich trotz ihres Alters und ihrer Krankheit morgens und nachmittags ihren Töchtern beim Saubermachen helfen, für ein bißchen Kaffee oder Zucker oder Milch oder solche Sachen. Und außerdem ißt sie bei ihren Töchtern Mittag, denen sie helfen geht.

Ich möchte nicht so werden! Entweder ändere ich mich, oder ich lasse mich operieren wie Amanda Lear . . . oder ich werde ein berühmter Friseur, oder ich heirate, damit wär ich schließlich nicht der erste.

Ich kenne Lady seit zwei Jahren, und sie hat sich kein bißchen geändert. Vorher kannte ich Mirco T., den alten Sadisten. Über ihn hab ich Matteo kennengelernt, und es wurde über Lady geredet, aber ich wußte noch nicht, wo sie wohnt. Eines Tages gingen ich, Mirco und Matteo zur Krankenkasse in San Basilio. Von dort aus haben wir Lady angerufen, und Lady hat zu Matteo gesagt, er soll am nächsten Tag noch mal anrufen. Am nächsten Tag sind wir ins Kino gegangen und haben einen Film über wilde Tiere angeguckt. Danach sind wir zur Stazione Termini gefahren und haben Lady ohne Telefonmünzen angerufen. Wir haben ihm zugebrüllt, daß außer Matteo auch ich ihn kennenlernen wollte. Matteo ist dann aber doch nicht mitgekommen, weil sein Vater und seine Mutter ihm Schwierigkeiten mit dem Weggehen machen. Sie lassen ihn nur zur Arbeit gehen, und damit ist Schluß. Er hat auch mal Tabletten geschluckt: fünfzig Aspirin und zwei, damit er nicht kotzen muß. Sie mußten ihm den Magen auspumpen. Mir kommt das komisch vor, wenn du versuchst, dich umzubringen, sperren sie dich ein wegen Verrücktheit. Mit ihm haben sie das allerdings nicht gemacht.

Na ja! Jedenfalls ist Matteo nicht mitgekommen. Ich hab mir erklären lassen, wo Lady wohnt, und bin allein gegangen. Im ersten Moment, als ich ihn vom Garten aus am Fenster sah, kam er mir vor wie eine Frau, eine schöne Frau. Ich bin hingegangen, und wir haben Freundschaft geschlossen. Danach ging ich fast jeden Tag zu Lady. Später haben wir uns getrennt, das heißt, ich hab mich von ihm getrennt, ein bißchen, weil ich es nicht mehr so gut fand, wenn ich zu ihm runterging. Da kamen nämlich zu viele Leute vorbei, und ich fand es nicht gut, daß die mich sahen. Dann hat es jemand meinem Bruder verpfiffen, und mein Bruder hat mir gesagt, er würde es Papa erzählen. Dann habe ich erfahren, daß mein Bruder zu Lady tanzen ging . . . so ne Gemeinheit! Früher haben sie alle bei Lady getanzt!

Ich denke gerade an einen Traum vom letzten Samstag. Ich hab von Rita geträumt, sie war hier in diesem Zimmer mit ihrem Hund. Ich kam völlig heiter herein, und sie sagte, ich soll es mir bequem machen, aber sie hatte was Strenges an sich, nur ein bißchen allerdings. Sie sagte sofort: «Und jetzt rechnen wir ab . . . Wir müssen alle Sachen abrechnen, die wir gemacht haben.» Und ich antwortete: «Ich hab doch kein Geld!» Also sagte sie: «Aber jetzt mußt du abrechnen!» Ich wußte nicht, was ich machen und antworten sollte, und war ein bißchen down. Sie hat nichts mehr zu mir gesagt, und wir sind alle drei mit dem Hund aus der Wohnung und auf die Straße gegangen. Ein Karussell war da. Es gab auch Buden wie auf dem Jahrmarkt, wo man mit Luftgewehren auf Bälle schießt. Wir sind dahin gegangen, und ich habe siebzehn Treffer gemacht und bezahlt und hatte gar nicht gedacht, daß ich Geld dafür hatte. Ich weiß nicht, woher es kam. Aber ich war zufrieden, weil ich nicht ein einziges Mal danebengetroffen hatte. An den Rest kann ich mich nicht mehr erinnern . . . ein verblichener hellblauer Morgenrock Blut Schuhe Schminkstifte schwarze Strümpfe und schließlich weiße Riesenunterhosen Bein Füße lange Hände, schön und plump . . .

Wenn ich onaniere, denke ich an einen Mann, mit dem ich gerade vögele, solange bis ich zum Orgasmus komme. Aber ich onaniere nicht immer nur von vorn, ich onaniere auch von hinten, kurz dieses berühmte Gefingere. Wenn ich mir vorstelle, daß er mit mir vögelt, lasse ich ihn dann zum Höhepunkt kommen, wenn ich auch komme. Wir können es auch von hinten genießen, das heißt, unser Vergnügen hängt eigentlich an vorn, aber wenn wir Penetration machen, können wir das auch genießen. Außerdem gibt es ja viele Arten zu vögeln. Ich hab mich schon als kleiner Junge an Besenstielen vergnügt. Ich hatte die fixe Idee, ich bin pummelig und häßlich und kann nicht aufreißen. Mit alten Männern mochte ich nicht gehen, deshalb onanierte ich lieber mit Besenstielen oder mit dem Stiel der Badebürste: Wenn du scharf bist, probierst du eben alles aus! Aber was sie da in den Pornoheften zeigen, wo die mit Auberginen oder Bananen onanieren . . . so was nicht, nie!

Heute nacht hab ich schon wieder von Rita geträumt. Ich war allein in der Wohnung, und sie war da und eine Freundin von ihr, die mir mal ihren Poncho geliehen hatte. Ich sagte zu ihr: «Gib mir den Poncho», der auf dem Bett lag, und ich nahm ihn. Es war ein Doppelbett, aber ich konnte nur eine Ecke unten erkennen. Es sah genauso aus wie das von meinen Eltern, nur daß dieses hier eine verschossene rote Seidendecke hatte, während die bei meinen Eltern etwas leuchtender rot und grober ist und meine Mutter sie jetzt fast nie mehr auflegt . . . Sie legte sie immer auf das Bett, als ich noch klein war. Ich erinnere mich, daß sie auch eine goldene Bettdecke auflegte, Gold mit Schattierungen, und wenn meine Mutter sie zusammenfaltete, sah sie aus wie ein Abendkleid, und ich zog sie zum Spielen an. Der Poncho hatte quadratische Muster, hinten und vorn. In der Mitte war er verschossen rot mit goldenen Bordüren. Aber er hatte eine merkwürdige Form: Hinten ging er mir bis über den Hintern, und vorn reichte er mir nur bis zum Bauchnabel, also hing mein Schwanz draußen, das heißt nein, ich hatte noch eine schwarze Damenunterhose mit Spitzen an. Ich hatte Rita um ein Paar Strümpfe gebeten, aber sie brachte sie mir nicht. Ich zog mir den Poncho an, aber ich hatte Mühe, er war nämlich schwer und rauh, und ich sagte zu ihr: «Nein, nein, gib mir einen anderen, dieser ist so schwer.» Ich zog ihn wieder aus und hatte plötzlich einen grauen Poncho an, der war leicht wie Seide, hinten und vorn spitz, und er bedeckte diesmal sowohl meinen Hintern wie auch meinen Schwanz. Ich trug auch schwarze Strümpfe mit Strapsen. Rita saß abseits neben der Bettdecke auf einem Stuhl vor einem anderen Mädchen und redete. Sie hatte die Beine im Reitersitz und war sehr verhüllt. Dann verschwanden sie aus dem Traum, als wäre der Vorhang gefallen. In der zweiten Szene sah ich nur einen Beutel mit winzig kleinen, weißen Stiften – für das Augen-Make-up? Ich nahm einen heraus und fing an, mich vor dem Spiegel zu schminken, immer noch in demselben Zimmer wie vorher. Der Spiegel stand auf einer Kommode, genauso eine, wie wir sie zu Hause hatten, als ich klein war. Statt mir das Weiß unter die Augen zu schmieren, damit sie lebendiger wirken, schmierte ich es mir neben den Mund und malte daneben. Also versuchte ich, es mit dem Finger wegzuwischen, damit man es nicht sieht, ich hörte nämlich gerade, daß Rita reinkam. Aber es war meine Schwester Patrizia, und sie trug einen verschossenen, hellblauen Morgenrock und sagte: «Los, Marco, ich hab ein besonderes System für dich. Du mußt einen Striptease für mich machen.» Und ich malte mir weiter die Augen an, immer noch vor dem Spiegel, während Rita kam und wieder ging. Sie kam zurück, und ich hatte einen schwarzen Lidstrich und einen unter dem Lid und Puder. Sie sagte zu mir, daß man Striptease nicht mehr macht, und ich malte mich weiter an. Ich war sehr sauer und betrübt. Dann merkte ich, daß mein eines Auge gut geschminkt war und das andere nicht, und versuchte deshalb, das schlecht geschminkte Auge mit dem Finger abzuwischen, und da wachte ich auf mit einem Gefühl von Unwohlsein und Freude . . . Ich weiß nicht, warum . . . Als kleiner Junge ging ich immer ins Bad und schminkte mich und zog mir die Kleider an, die in der schmutzigen Wäsche lagen. Eines Tages, als ich im Bad war, rief Patrizia: «Mach auf, Marco, ich muß aufs Klo.» Ich zog mir ganz hastig die Frauenkleider wieder aus und vergaß dabei, die Schminke auch abzuwaschen, und Patrizia sagte bei meinem Anblick: «Geh dir das Gesicht waschen!» Sie trug einen Morgenrock wie den im Traum. Ein paar Tage später konnte ich ungewollt mithören, wie Patrizia zu Rosalia sagte, daß sie sich auch verlobt hatte . . . und ich fing an, furchtbar zu weinen, weil es mir so leid tat.

Mein Vater wollte, daß ich operiert werde, aber ich hab mich geweigert, weil ich ja weiß, daß die größten operierten Homosexuellen im Irrenhaus gelandet sind. Unser Vergnügen hängt eben doch vorn dran. Wenn du das vorn abschneidest und innen alles rausreißt, dann empfindest du kein Vergnügen mehr, dann bist du weder Fisch noch Fleisch, und dann empfindest du auch hinten kein Vergnügen mehr und gehst in die psychiatrische Anstalt. Mama hat sich richtig schlecht gefühlt und fast einen Nervenzusammenbruch gekriegt. Papa hat angefangen zu erzählen, ich müßte mich ändern, ich wär ein Mann, und ich müßte auch ein Mann sein. Mama dagegen hat mir, als es ihr wieder besser ging, das Schminktäschchen geschenkt . . . Papa will nicht, daß ich mit dem Hintern wackle und mich gespreizt verhalte. Ich kann ihnen nicht klarmachen, daß ich auch ein Mann bin, wenn ich homosexuell bin. Ich glaube, es hat noch mehr Schwule in unserer Familie gegeben, aber wenn es sie gegeben hat, haben sie damit hinterm Berg gehalten. Jetzt scheinen sie sich beruhigt zu haben, sie stellen keine Fragen mehr.

Es hat sich viel geändert: Früher mußte ich immer für meine Mutter die ganze Wohnung saubermachen, jetzt nicht mehr, jetzt mache ich es, wenn ich Lust dazu habe. Früher hab ich nicht gearbeitet, jetzt arbeite ich. Früher hatte ich jeden Sonntag die Qual der Wahl, ob ich Zigaretten kaufen oder ins Kino gehen oder die fünfhundert Lire von meinem Vater aufheben und bis zur nächsten Woche verdoppeln sollte . . . Früher mußte ich immer abends spätestens um acht zu Hause sein, jetzt darf ich bis elf Uhr wegbleiben . . . Vielleicht liegt es daran, daß ich arbeite. Sie respektieren mich, obwohl ich so bin. Worüber können sie sich denn auch beklagen? Und anschaffen gehe ich schließlich auch nicht mehr . . . ich hab da meinen Stolz! Früher hab ich die Tage mit Nichtstun verbracht, hab links und rechts Zigaretten geschnorrt. Jetzt biete ich allen welche an. Und schließlich macht mir meine Arbeit Spaß . . . Ich eigne mich zum Friseur, ich wär ja noch lieber Kosmetiker geworden, aber das schaff ich auch noch, klar! Ich werde wie Geak, der Maskenbildner der Diven, der ist aktiv und passiv, das ist auch ein Schwuler, Stricher war der bestimmt auch mal, aber jetzt braucht er die Straße nicht mehr. Nicht mal kiffen tu ich, ich hab nämlich nicht mehr das Bedürfnis zu entwischen: Die Leute machen mir keine Angst mehr! Selbst wenn ich allein alt werde, habe ich eine Arbeit und Freunde, was kümmert es mich! Wenn ich mir einen Künstlernamen aussuchen sollte, würde ich nehmen: «Zarin Katjuscha, Herrin der Wälder und der Liebe.»

Marcos Kindheit und Jugend

Vor ein paar Tagen spielte mir mein Bruder ein Tonband mit Geplapper von mir vor. Ich war da noch ganz klein, und mein Vater sagte zu mir: «Carlo, willst du einen Bonbon?»

Ich: «Ja!»

Er: «Dann gib mir ein Küßchen!»

Ich: «Nein!»

Er: «Willst du den Bonbon?»

Ich: «Ja!»

Er: «Dann gib mir auch ein Küßchen!»

Dann hab ich angefangen zu weinen.

Ich war vier und gerade bei meiner Oma Ottilia in der Wohnung (sie ist die Mutter meiner Mutter). Es ging ihr schon lange schlecht, und ich erinnere mich, daß man ihr von Zeit zu Zeit Aerosol zum Inhalieren gab. An diesem Tag war ich bei ihr, und mein Cousin Roberto war auch da, sie hatten uns ein Fläschchen mit diesen kleinen, runden, bunten Streuseln gegeben, die man oben auf die Pizza legt. Ich hab dann die Streusel alle rausgetan und bin ins Bad gegangen und hab das Fläschchen mit Wasser gefüllt, und dann haben wir uns auf den Fußboden gesetzt und das ganze Wasser über die Streusel gegossen und den ganzen Fußboden naß gemacht.

Ich weiß nicht wie, jedenfalls hab ich Schimpfwörter gesagt, und meine Oma sagte zu meinem Opa Ottavo: «Ottavo, gib mir den Pantoffel, damit ich ihn verhauen kann!»

Jetzt weiß ich nicht mehr, ob sie mich wirklich verhauen hat, aber ich weiß noch, ich kniete mich vor das «Kommödchen» meiner Oma, auf dem eine kleine Figur des hl. Antonius aus Padua stand, der ein kleines Kind im Arm hatte, und sagte mit gefalteten Händen: «Mein heiliger Antonius, mach, daß Oma heute nacht stirbt!» Alle sagen, Oma ist in der Nacht nicht gestorben, aber ich bin davon überzeugt, daß sie es doch ist.

Ich war ganz klein, noch keine fünf Jahre alt, und wohnte mit meinen Geschwistern, Großeltern, Onkeln und Tanten in einer Baracke. Ich erinnere mich noch, daß neben unserer Baracke eine Frau mit zwei Kindern wohnte: Der Junge war älter und das Mädchen war ungefähr in meinem Alter und hatte meine Statur. Eines Tages hatte ich ihr Kleid angezogen und wollte es nicht wieder ausziehen, aber weder mein Vater noch meine Mutter nahmen es mir weg, obwohl sie die ganze Szene mit angesehen hatten.

Meine Schwester Patrizia hatte ein sehr ausgeschnittenes, türkisfarbenes Abendkleid, das ich vor den Augen meiner Mutter anzog, und währenddessen kam eine Freundin meiner Mutter, Lucia, und sagte: «Was machst du denn mit dem Kleid?»

Ich antwortete ihr: «Ich bin eine Frau!»

Sie gab zurück: «Aber Frauen haben Busen!»

Und sie machte mir kleine Titten aus Zeitungspapier. Dann ging ich Aschenputtel spielen, und als ich mich auf den Rand der Badewanne setzte, fiel ich rein und schmierte das Kleid hinten mit Seife voll. Meine Schwester zankte mit mir, aber meine Mutter zwang mich trotzdem nicht, das Kleid auszuziehen.

Als ich ungefähr sechs war, sah ich, wie meine Mutter von Papa geschlagen wurde, dann ist sie auf dem Flur zu Boden gegangen, und er hat sie auf den Arm genommen und ins Schlafzimmer getragen und ins Bett gelegt. Rosalia lief aus der Küche und lauschte. Dann kam sie wieder in die Küche zurück und erzählte Patrizia, Mama hätte gesagt, sie hat Angst. Danach habe ich Mama gefragt: «Mama, wovor hattest du Angst?»

Und sie antwortete mir: «Wovor sollte ich denn Angst gehabt haben?»

Eines Tages war mein Vater wütend und sagte zu meiner

Schwester Rosalia: «Wieviel bringt dir Giancarlo jeden Abend?»

Und Rosalia sagte: «Er bringt mir jeden Abend dreitausend Lire.»

«Also Claretta, mit diesen dreitausend Lire gehst du jetzt einkaufen, ich geb dir nämlich kein Geld mehr!»

Dann schlossen sie sich den ganzen Tag im Schlafzimmer ein und kamen nicht einmal zum Essen raus. Auch Rosalia und ich aßen nicht, sondern heulten den ganzen Tag lang. Dann ging Rosalia zum Schlafzimmer, klopfte an, mein Vater ließ sie reinkommen. Sie ging rein und sagte: «Jetzt guck dir mal Marco an! Der heult den ganzen Tag, weil er denkt, jetzt gibt's nie wieder was zu essen!»

Ich wollte aber nicht, daß meine Schwester so was sagt. Aber Mama nahm mich, quälte sich ein Lächeln ab und erzählte mir: «Papa hat Spaß gemacht! Guck, hier ist das Geld!» Dann zog Mama eine Tasche aus dem Schrank, in der sie den Monatslohn aufbewahrte.

Da wurde ich ruhiger. Aber beim Abendessen aß ich nur allein.

Einmal, als ich ungefähr sieben war, schrieb ich mit Zitronensaft auf ein weißes Blatt aus einem Heft. Nachdem die Schrift getrocknet war, ließ ich sie wiedererscheinen, indem ich sie über die Gasflamme hielt. Damit die Schrift antik aussah, brannte ich dann die Ecken des Blattes an und ließ die Asche auf den Tisch fallen. Als mein Vater das mitkriegte, legte er mir seine Hand an den Hals, drückte mich an die Wand und sagte: «Ich bring dich um!» Und dann: «Das machst du nicht noch mal!» Ich versuchte, nein zu sagen, aber ich konnte ihm nicht antworten und bedeutete ihm mit der Hand «Nein», und dann mußte ich den Tisch mit der Zunge ablecken.

Ein anderes Mal machte ich im Klo der Baracke Feuer im Waschbecken. Meine Mutter merkte es, legte meine Hände auf das Hackbrett und über meine Handgelenke ein Fleischmesser und sagte: «Ich hack dir die Hände ab!»

Ich sagte darauf weinend: «Ich mach's nicht wieder!»
Und sie: «Du machst es nicht wieder?»
Ich antwortete: «Nein.»

Die Schule hatte seit kurzem angefangen. Meine Schwester war mit ihren Hochzeitsvorbereitungen fast fertig, und mein Schwager beeilte sich, ihren Taubenschlag fertigzukriegen. Eines Tages ging ich ihnen helfen und putzte die Kacheln, zusammen mit dem Bruder meines Schwagers. Wir putzten gerade die Badezimmerfliesen, an denen noch immer Kalk hing, und plötzlich fragte mich Nino: «Weißt du, wie die Verliebten sich küssen?»

Ich antwortete: «Nein!»

Mit acht Jahren ist man noch naiv, oder wenigstens war ich es mit acht noch, und großenteils bin ich es auch heute noch. Dann dachte ich darüber nach, erinnerte mich, wie die Hauptfiguren in den Fotoromanen sich küssen, und sagte: «Die küssen sich so!» Ich verzog den Mund. Er sagte: «Nein! Die küssen sich so! Mach die Augen zu und den Mund auf!» Ich folgte ihm arglos, und wir küßten uns.

Zeit verging, und meine Schwester mußte zusammen mit ihrem Verlobten, den Schwiegereltern und meinen Eltern das Aufgebot bestellen gehen. Ich ging mit, aber Nino war auch dabei. Er lockte mich zur Sakristei und tat so, als wollte er spielen, und ich folgte ihm. Dabei wollte er, daß ich sein Ding in den Mund nahm, aber ich weigerte mich, etwas angeekelt, und er sagte: «Nimm ihn in den Mund, der ist doch wie ein Eis!»

Also kam ich ihm nach, aber nur kurz. Ein paar Tage vergingen, und im Kino spielten sie *Aschenputtel*, einen schönen Zeichentrickfilm, und weil er meiner Schwester gefiel, wollte sie ihn mit ihrem Typ zusammen ansehen. Aber mein Vater wollte sie nicht allein gehen lassen, er wollte nämlich, daß meine Schwester (wie man so sagt) mit Orangenblüten im Haar vor den Altar treten kann. Also mußte sie mich mitnehmen, und – wie der Zufall so spielt – auch Nino kam mit. Als der Film zu Ende war, fragte ich, ob ich bleiben und ihn noch mal sehen dürfte, weil er mir gefallen hatte. Sie waren einverstanden, ließen mich aber in Ninos Obhut. Kurz danach sagte ich ihm: «Komm, wir gehen aufs Klo, dann machst du's mir.»

Wir gingen aufs Klo, und als er in mich eindrang, tat es mir weh. Also zog er sein Glied sofort wieder raus, und ich hörte, wie etwas Flüssiges auf den Boden tropfte, aber ganz viel, aus meinem Hintern. Ich drehte mich um und sah ganz viel Blut auf dem Boden, und als ich das so tropfen sah, kam ich mir vor wie eine pissende Kuh! Nino wischte sich inzwischen sein Ding mit dem Taschentuch ab. Von da ab haben weder ich noch Nino verabredet, zusammen wegzugehen.

Ich war neun und in den Park gegangen, um Salat zu holen. Während ich Salat pflückte, sah ich zwei Pornohefte, hörte sofort auf mit Sammeln und blätterte die Hefte erst mal durch. Auf einer Seite fand ich ein blondes Mädchen mit heraushängenden Brüsten und einem Schottenrock mit Falten, der so weit hochgezogen war, daß man ihre Natur sehen konnte.

Ich erregte mich sofort und onanierte. Dann versteckte ich die Hefte in einem Müllbeutel, damit ich mir, auch wenn es regnete, keine Sorge um sie zu machen brauchte. Nachmittags kam ich zurück, blätterte sie wieder durch und onanierte wieder damit.

Ich war elf und immer noch in der fünften Klasse Volksschule. Eines Abends nach dem Nachmittagsunterricht gingen ich und Pino (wie üblich) Pärchen auflauern. Als wir damit fertig waren, machten wir eine Art Spiel im Park und losten aus, wer dabei die Frau spielen mußte. Ich verlor immer, weil ich immer (mit dem Finger) zwei zog, und Pino konnte sich darauf verlassen, daß er so immer die Männerrolle bekam. Ich verhehle nicht, daß ich mit Absicht immer zwei zog, und ich verhehle auch nicht, daß es mir gefiel, wenn ich Pinos Schwanz berühren, küssen usw. mußte. Zu uns beiden (in diesem Spiel) gesellten sich noch Ernesto und

Antonio. Antonio war dreizehn, vierzehn Jahre alt und hatte wirklich einen großen, und bei ihm verlor ich auch immer mit Absicht. Danach kamen im Viertel die ersten Gerüchte auf. Klar, wenn ich immer zwei zog, ließ ich ab einem gewissen Punkt schon durchblicken, daß ich es mit Absicht machte, und ich hab's ihnen ja auch bewiesen, als sie dann sahen, daß ich es genoß (obwohl ich so tat, als hätte ich es gar nicht gewollt).

Die ersten Gerüchte kamen im Viertel auf, als Antonio immer in mich eindrang, und unter irgendeinem Vorwand versuchte ich immer (abends nach dem Nachmittagsunterricht), erst mit ihnen Pärchen auflauern und dann unser Spiel machen zu gehen.

Ich war vierzehn und in der achten Klasse Mittelschule. In der Schule fehlten oft Zigaretten, Geld, Stifte, Kompasse usw. Ich verhehle nicht, daß ich und Pino auch was klauten (wir wurden ja umgekehrt auch beklaut). Aber eines Tages wurden mir 500 und Pino 1200 Lire geklaut. Das war unser Sonntagsgeld, unsere wöchentlichen Ersparnisse, die wir die Woche über aufhoben (weil wir kein Pausenessen kauften), und dazu das Geld, das uns unsere Eltern sonntags gaben und das wir eifersüchtig für Zigaretten sparten.

Also wir merkten, daß dieses Geld weg war, und beschlossen, es uns zurückzuholen, und zwar nicht nur doppelt, sondern dreifach oder vierfach. Wir legten uns auf die Lauer, um rauszukriegen, wer uns das Geld weggenommen hatte, und als jemand gepetzt und gesagt hatte, Barone wär der Dieb gewesen, beschlossen wir, wir machen den Sportunterricht nicht mit, sondern klauen ihm das Geld, das er in den Taschen seiner Kleider im Umkleideraum der Turnhalle ließ. Die Sportstunde kam, und wir machten die Gymnastik nicht mit, unter dem Vorwand, ich hätte einen steifen Hals und Pino eine Verstauchung, sondern wir gingen aus der Turnhalle. Als wir sahen, daß die Hausmeisterin weg war, rannten wir los und nahmen das Geld aus Barones Tasche. Wir fanden 620 Lire. Ich sagte zu Pino: «Nimm du die fünfhundert Lire, dir haben sie ja das meiste geklaut.» Und so machten wir es. Die Glocke klingelte, die letzte Schulstunde war zu Ende, und ich und Pino gingen als erste nach Hause. Nachmittags kamen meine Mutter und Pinos Mutter, Lucia, nach Hause, und meine Mutter fragte mich sofort, ob ich morgens in der Schule Geld geklaut hätte, und ich antwortete: «Nein, Mama, wir haben kein Geld geklaut, wir haben es uns wiedergenommen!» Dann fuhr ich etwas überrascht fort: «Und was weißt du überhaupt von dem Geld, das heute gefehlt hat?» Da hat Lucia geantwortet: «Vorhin ist ein Freund von Pino nach Hause gekommen und hat mir erzählt, daß ihr heute morgen Geld geklemmt habt, weil nur du und er als einzige die Gymnastik nicht mitgemacht habt und daß die Hausmeisterin euch beide als einzige außerhalb der Turnhalle gesehen hat.» Während Lucia mir das erzählte, hielt mir meine Mutter eine Gardinenpredigt: «Verfluchter Bengel! Soll dich doch der Schlag treffen! Wenn der jetzt zum Rektor geht, der schmeißt euch raus, dann kannst du das heute abend selber ausbaden mit deinem Vater, das kriegst du ab . . . Soll dich die Lähmung packen, Schande über deine Ahnen, geh bloß tot, geh bloß tot, ach, du gehst ja doch nie tot!» Als ich merkte, daß meine Mutter mir nicht glaubte, was ich getan hatte, und als sie dann auch noch meinen Vater erwähnte, bekam ich Angst, obwohl ich doch im Recht war. Ich wartete, daß meine Mutter sich entweder ein bißchen abregte oder ins Bad ging, damit ich aus dem Haus gehen konnte. Sie ging nach unten zu Lina, die wohnt unter uns und ist eine Freundin der Familie, um ihr einen Teller zurückzubringen, und ich nutzte die Gelegenheit. Ich schrieb auf ein Blatt Papier folgende Worte: «Ich weiß, Mama, daß du mich liebhast, ich hab keine Schuld, ich hab mir nur das Geld genommen, das er mir geklaut hatte.» Ich legte den Zettel neben das Telefon, nahm die 1500 Lire, die ich beiseite gelegt hatte, zog mein Jackett und die Windjacke an, band mir den Schal um und steckte Zigaretten und Streichhölzer ein. Ich nahm den Bus zum Bahnhof.

Ich kam am Bahnhof an und hatte fest vor, von zu Hause

abzuhauen. Auf der Stazione Termini ging ich als erstes in die öffentliche Bedürfnisanstalt und ließ erst mal ein bißchen ab, ich konnte echt nicht mehr, ich hätte mich fast vollgepinkelt. Dann lief ich ziellos durch die Stazione Termini, durch die Unterführung bei der U-Bahn, überall lang. Schließlich fiel mir instinktiv ein, ich könnte bei meiner Schwester Rosalia anrufen (ich weiß nicht, warum ich bei ihr anrief und warum ich überhaupt anrief, ich hätte auch bei meiner Schwester Patrizia anrufen können, aber vielleicht tat ich es deshalb nicht, weil ich wußte, daß die an dem Abend zu meinen Eltern zum Essen gingen), und ich sagte ihr (ich telefonierte auch noch ohne Münze und mußte in die Hörmuschel sprechen): «Rosá, sag Mama, mir geht's gut, und sie soll sich keine Sorgen machen!» Sie: «Wo bist du denn?» Ich antwortete überrascht: «Am Bahnhof.» Dann hatte ich mich sofort wieder unter Kontrolle und sagte: «Weiter südlich, und jetzt fahr ich noch ein Stück weiter nach Süden.» Und hing ein.

Ich lief weiter durch die Gegend und beschloß, in den Wartesaal zu gehen. Auf dem Weg dorthin hielt mich ein Junge an und sagte: «Hör mal, ich bin Journalist, mir haben sie den Koffer geklaut, mit Geld und Papieren. Könntest du mir Geld für neue Fotos geben?» Ich nahm 500 Lire und gab sie ihm, und er sagte: «Danke, aber hast du nicht n bißchen mehr?» Ich sagte ihm: «Schau, ich hab selber nur noch 1000 Lire, und die brauch ich, ich bin nämlich von zu Hause abgehauen und hab nichts gegessen.»

Er: «Wenn du willst, nehm ich dich mit nach Mailand.» Ich: «Nein danke, ich krieg das hier schon irgendwie hin in Rom.»

Warum ich ihm das Geld gab, weiß ich nicht, vielleicht weil er anfangs etwas Vertrauenerweckendes hatte, obwohl später, als er mich fragte, ob ich mit ihm nach Mailand fahren wollte, nicht mehr viel davon übrig war. Ich ging in den Wartesaal Zweiter Klasse, denn in den Erster-Klasse-Saal wollte mich ein Herr nicht reinlassen. Dort mußte ich das Allerschlimmste mit ansehen: wie ein Besoffener verhaftet wird. Der sang ganz viele neapolitanische Lieder, aber aus voller Kehle, und dann zog er ab und zu ein kleines Heiligenbild aus der Tasche und sagte: «San Gennaro, Schande über deine Ahnen, du bist mein ganzer Ruin!» Er spuckte es an, tat es in die Brieftasche zurück und sang wieder aus voller Kehle los, bis zwei Polizisten kamen und ihn wegschleppten, obwohl er sich wehrte. Kurze Zeit später sah ich meinen Schwager (Patrizias Mann), der auf mich zukam und meinen Vater bei sich hatte. Als ich die beiden sah, nahm ich ganz schnell nacheinander alle Farben an, aber ich war überrascht, wie sanft mein Vater sagte: «Marco, komm, wir gehen nach Hause, deine Mutter wartet auf dich!»

Offenbar, nee, ganz sicher hatte ich mich mit dem Anruf bei meiner Schwester verraten. Ich leistete keinen Widerstand, sondern stand auf und ging mit ihnen mit, und im Auto fragte mich mein Vater, wie sich die ganze Geschichte zugetragen hatte. Ich erklärte ihm alles, auch daß wir Barone gar nicht 1000 Lire weggenommen hatten, sondern nur 620, und mein Vater sagte: «Na ja, wieso haste dem nicht erzählt, daß de dir das Geld wiedergenommen hast, anstatt zu verduften wien Dieb? Diesmal laß ich das noch durchgehn. Aber von heute an ist damit Sense: Jemand, der hier abhaut, hat hier nichts mehr zu suchen!»

Damit war das Thema beendet. An jenem Abend saßen wir alle am Tisch und quälten uns das Essen rein. Am nächsten Tag, als ich zur Schule ging, sagte Barone zu mir: «Du hast mir das Geld geklaut, stimmt's?» Ich antwortete ihm: «Nein, ich hab dir kein Geld geklaut! Ich hab mir bloß das Geld wiedergeholt, das du mir geklaut hattest!»

Ich ging noch immer in die achte Klasse. Meine Mutter kaufte sich ein Paar Mokassins, aber nach einer Woche gab sie sie mir, sie paßten ihr nicht.

Ich war froh, daß meine Mutter sie mir gab, ich war doch so drauf fixiert, daß es Damenschuhe waren. In Wirklichkeit war es allerdings ein Paar ganz normale Schuhe, Unisex, mit echt ungefähr sieben oder acht Zentimeter hohen Absätzen.

Als ich sie zum erstenmal anhatte, ging das los mit dem Arschwackeln, und meine Mitschüler zogen mich auf wegen der Schuhe, weil sie sie für Damenschuhe hielten (ich ja schließlich auch). Aber selbst wenn sie dabei geblieben wären, hätte es mir nichts ausgemacht.

Es hat mir aber was ausgemacht, als sie anfingen, mich anzuspucken und mir zu erzählen: «Du darfst nicht auf diese Schule gehen, hier ist kein Platz für solche Tunten!» Aber dann hat es mir doch nichts ausgemacht, im Gegenteil, ich hab ihnen gezeigt, daß es mir gar nichts ausmachte, wenn sie mich schnitten, Hauptsache, sie ließen mich mitrauchen. Sie sagten nämlich immer: «Wer weiß, wem der schon alles einen geblasen hat! Ich laß den nicht an meiner Zigarette ziehen!» Oder: «Nee, dir leih ich nix, nachher hängste mir noch irgend ne miese Krankheit an!»

Ich war fast fünfzehn, und eines Abends, ungefähr Ende August, war ich mit meinen Rollschuhen unten, und in der Nähe einer Straße, da sah ich Prostituierte, die hatten aber kein Feuer an. Dabei hatten die, die ich eines Abends gesehen hatte, als ich mit meinem Vater und meiner Mutter und meinen Geschwistern im Auto saß, immer neben einem Feuer gestanden. Also nahm ich Holz und Papier und brachte es ihnen, und so freundete ich mich mit ihnen an. Aber an dem Abend blieb ich zu lange draußen (ich hatte gar nicht gemerkt, daß es schon halb zwölf war), und mein Vater kam mich mit dem Auto suchen und fand mich dort. Er meckerte mich aber nicht an, weil ich bei den Nutten war, sondern weil ich zu spät dran war. Ein paar Abende lang durfte ich nicht raus und blieb im Haus, aber als ich wieder raus durfte, ging ich zu ihnen und besuchte sie noch lange weiter. Auch weil sie manchmal, wenn ich kam, nicht da waren, und dann hab ich ihnen Feuer gemacht, und ab und zu hab ich da auch jemanden abgeschleppt, aber bezahlen lassen hab ich mich damals noch nicht.

Das ging so los: Eines Morgens kurz vor Frühlingsanfang brachte ich Federico irgendwohin, ich weiß nicht mehr wohin, und wir redeten über Gott und die Welt und hin und her, jedenfalls kam das Gespräch auf Homosexuelle, und ich hab ihm gestanden, daß ich auch so einer bin. Nach vielen Fragen und genauso vielen Antworten sagte er mir bzw. gab er mir den Rat, ich soll darüber mit Don Attilio sprechen.

Von dem Tag an hatte ich meine Angst überwunden und erzählte es Hinz und Kunz und Tauben und Blinden, mit einem Wort: allen, es gefiel mir nämlich auch, daß die Leute mich reden hörten und daß sie hinterher über mich redeten, egal ob gut oder schlecht, auch wenn ich immer so über mein Leben redete, als wenn es mich unheimlich stört, als wenn ich nicht gern rede, dabei hing ich sehr am Reden.

Ich war fünfzehn, und ich und Federico M. wollten noch ausgehen (nach dem Abendessen), wir standen unter unserer Wohnung und unterhielten uns, und mich prickt doch immer der Hafer, ich kann nicht ruhig sein, also schlug ich vor, einen kleinen Spaziergang um den *Palazzo* herum zu machen (weit weggehen konnte ich nicht, weil meine Mutter immer aus dem Fenster guckte). Der Vorschlag wurde angenommen, und wir drehten eine kleine Runde. Am Ende gingen wir im Hauseingang von Rosalias Schwiegermutter ficken (das ist gut und gern dreihundert Meter weg von meinem Elternhaus), und da sahen wir Franco. Zuerst dachten wir, er heißt Gianni, und wir wollten unter irgendeinem Vorwand mit ihm ins Gespräch kommen (wir konnten beide auf ihn). Also nahm ich frech eine Marlboro aus meiner Schachtel (damals konnte ich mir die leisten) und rief ihn vom Bürgersteig aus, damit er ans Fenster seiner Kellerwohnung ging: «Gianni, Gianni, Gianni . . .»

Ich rief ihn ein paarmal, weil er sich nicht umdrehte (ist ja klar, er hieß ja auch Franco!), schließlich drehte er sich doch um, und ich sagte: «Kannst du mir bitte Feuer geben?»

Aber er hatte ein Fliegengitter vor dem Fenster, gegen die

Mücken, deshalb sagte er: «Komm runter! Wie soll ich dir von hier drinnen Feuer geben?»

Ich ging ganz aufgeregt runter, während sich Federico vor Wut auf die Lippen biß. Ich ging runter, er gab mir Feuer und sagte nichts, nur als ich «Danke!» sagte, antwortete er: «Bitte!»

Das war's, ich ging und drehte mich erst um, als ich die Tür zuschlagen hörte. Ich ging rauf und sah Federico, der auf einer Mauer saß und wartete, er fragte mich: «Na und . . . nichts?»

Und ich antwortete mit einem etwas hohen Ton: «Na ja . . . was hast du denn erwartet? Daß er gleich weg ist, wenn er uns sieht?»

Dann gab ein Wort das andere, wir kauften Kaugummis und gingen ihm welche anbieten.

Ich rief ihn wieder: «Gianni, Gianni.»

Beim zweitenmal drehte er sich um und sagte: «Hör mal, ich heiße Franco!»

Und ich: «Okay, willste n Gummi, Frá?»

Jetzt verstand er, daß wir ihn bloß anquatschen wollten, und sagte: «Ich komm da gleich hin!»

Er kam dann raus, und wir haben ein Gespräch angeknüpft: «Spielst du eigentlich Schlagzeug?» (Als wir ihn gerufen hatten, hatten wir nämlich unter seinem Kellerfenster ein Schlagzeug stehen sehen.)

Wir unterhielten uns eine halbe Stunde lang, und da ich mich Hals über Kopf verknallt hatte, schenkte ich ihm meine kleine Korallenbrosche (wie die Tabakhändler sie verkaufen oder, damit wir uns richtig verstehen, wie diese Ketten von den Marokkanern). Dann gestand ich ihm, daß ich homosexuell bin, und er wechselte sofort das Thema, gleichzeitig gab mir Federico Zeichen, ich soll ja nicht erzählen, daß er bi ist. Da sich Federico auch in Franco vergafft hatte, erzählte ich ihm, ich würde am nächsten Abend nicht aus dem Haus gehen, und ging zu Franco und fragte ihn, ob er mit mir ausgeht. Er sagte: «Nein!»

Aber es war ein trockenes und diskriminierendes Nein.

Ich gab eine Woche lang keine Ruhe, dann beschloß ich: Ich nehme jetzt meinen Krankenschein, gehe zum Arzt und lasse mir Barbiturate verschreiben. Dann tue ich so, als schlukke ich das ganze Röhrchen leer, und setzte Gerüchte in Umlauf, ungefähr so: «Weißt du schon, Marco hat Tabletten geschluckt, weil er auf Franco steht und der nichts von ihm wissen will?»

Dann ließ das nach, daß ich in Franco verknallt war, ich fuhr ja dann in das Dörfchen in den Abruzzen und vergaß ihn, und außerdem konnte ich da auf Umberto.

Ich war vierzehn, es war Sommer, und im Kino lief der Film *Quo Vadis,* und den wollte ich sehen. Ich wartete, bis das Kino aufmachte, und sah, daß Federico auch, genauso allein wie ich, wartete, daß das Kino aufmachte. Er kam zu mir, und ich grüßte ihn (wenn auch etwas widerwillig), er revanchierte sich und grüßte mich auch. Dann vergingen ein paar Minuten, und er kam wieder auf mich zu und sagte: «He Marco, da ist ein Alter, der bezahlt, wenn du mitgehst! Ich geh jeden Sonntag hin, kommst du?»

Und ich: «Los, gehen wir!» Wir folgten ihm so, daß die Leute es nicht merkten, und als wir an seine Tür klopften, war er schon nackt ausgezogen. Bei dem kam verdammt viel raus . . . Dann zahlte er uns jedem zweitausend Lire plus vier Schachteln MS, die wir teilen sollten, und wir konnten gehen. Auf der Straße haben ich und Federico angefangen zu erzählen, daß er jetzt über mich Bescheid weiß und daß ich über ihn Bescheid weiß (daß wir so sind, Federico allerdings kann auf beides). So entstand unsere Freundschaft. Ein paar Tage später fuhr ich in die Abruzzen in die Sommerfrische. Nach vierzehn Tagen kamen wir nach Rom zurück. Ich sah Federico wieder, und da begann unsere Freundschaft. Ein paar Tage später hatten die Kinder meiner Schwester Geburtstag, und da sie beide mit nur sechs Tagen Abstand im September geboren waren, machte meine Schwester am zwölften September für alle beide einen kleinen Imbiß. Nachmittags ging ich aus dem Haus und trieb mich ein bißchen vor der Kirche rum, aber ich sah, wie fast alle dort Dame spielten, und wie der Zufall so spielt: Der Alte war auch da. Er sah mich, und als ich mich setzte, tat er so, als stützte er sich auf die Lehne des Stuhls, auf dem ich saß, und kratzte mich mit seinen Nägeln, als wollte er sagen: «Laß uns zu mir gehen!» Ich dachte: wenn er mir das letzte Mal soundsoviel gezahlt hat, weil wir zu zweit waren, dann wird er mir diesmal, wo ich allein bin, mehr zahlen. Also sagte ich meinen Kumpeln auf Wiedersehen und ging, und er ging auch. Ich machte einen etwas längeren Bogen, damit es nicht auffiel, und ging dann zum Haus von dem Alten. Als ich klopfte, machte er sofort auf und war schon wieder nackt. Ich zog mich aus, und er wollte dann Sachen von mir, die ich nie gemacht hatte. Dann, als wir im Bett waren, ist mir rausgerutscht, daß ich einen gewissen Franco liebte. Er sagte mir, daß diese Person auch homosexuell ist, daß er einen ganz kleinen hatte und daß er sich, damit er größer wirkt, immer Taschentücher da hinstopft. Als ich hörte, wie er das erzählte, wurde ich sofort frigide. Vorher hatte ich ja zwar noch alles gemacht, was er von mir wollte, aber jetzt hatte ich keine Lust mehr, auch nicht, wenn ich mir vorstellte, er bezahlt mich dafür, es interessierte mich nicht mehr. Mich interessierte nur noch wegzukommen. Als er sah, daß ich keine Lust mehr hatte, drohte er mir mit einer Pistole. Dann erklärte er mir, er sei Sadomasochist, und bat mich, ihn auszupeitschen, und dann wollte er mich auspeitschen. Er wollte, daß ich ihm einen Zungenkuß gebe, dann hätte er mich fast erwürgt, und dabei erzählte er immer weiter, er würde mich umbringen und in einen Nylonsack stecken, um mich frisch zu halten, und er würde es auch noch mit mir machen, wenn ich schon tot bin. Einem hat er mal das Gesicht zerschnitten, weil er sich nicht in den Arsch ficken lassen wollte, und am Abend vorher hatte er sich auspeitschen lassen, so zum Vergnügen. Schließlich schaffte ich, ihn zum Orgasmus kommen zu lassen (war sehr anstrengend), und dann ging ich, ohne Bezahlung.

Eines Abends war ich mit Lady im Kino, und da hab ich Andrea kennengelernt. Es hat gezündet wie der Blitz, bei mir wie bei ihm. Wir haben viele schöne Tage miteinander verbracht, aber eines Tages hab ich gesehen, daß er traurig war, und hab ihn gefragt: «Was hast du denn gemacht, daß du so traurig bist?» Aber er gab keine Antwort, und da hab ich ihn noch mal dasselbe gefragt, und er hat gesagt: «Ich hab soviel Schulden und weiß nicht, was ich machen soll.»

Ich wußte, daß er Dieb war, und hatte immer Angst, wenn er stehlen ging, und er fuhr fort: «Willst du mir helfen? Wenigstens, bis ich die Schulden alle bezahlt hab? Könntest du auf den Strich gehen?»

Ich willigte ein. Nicht nur, weil ich nicht wollte, daß er stehlen ging, sondern auch, weil mich das Leben auf dem Strich reizte. Dann merkte ich allerdings, daß das Geld nicht für Schulden war (er hatte nämlich gar keine Schulden), sondern damit er sich einen schönen Lenz machen konnte. Ich blieb trotzdem auf dem Strich und brachte ihm auch bei, daß ich wußte, daß das Geld für ihn und nicht für Schulden war, aber er tat so, als würde er nichts verstehen, und verstrickte sich in Entschuldigungen. Dann haute er von zu Hause ab, und ich nahm die Gelegenheit wahr, um ihn zu verlassen.

Ich fuhr vier Tage lang nach Monte Catino, und als ich zurückkam (ist noch gar nicht lange her, daß sie es mir erzählt haben), erfuhr ich, daß Andrea mich sogar bei uns zu Hause gesucht hatte.

Ich fing mit dem Striptease an, weil mich jemand erpreßte und ich eine andere Art Arbeit suchte (ich wollte nicht mehr anschaffen gehen), und weil eine Freundin von mir, die sich Lella nennen läßt, mir erzählte, ein Herr Giovanni suchte jemand wie mich für Auftritte im *Ambra Jovinelli*, und sie könnte, wenn ich wollte, ein gutes Wort für mich einlegen, damit er wenigstens eine kleine Probe mit mir machte. Und sie könnte mir auch vor der Probe beibringen, wie ich mich bewegen muß (wenigstens die Grundbewegungen).

Ich sagte zu und bekam 30000 Lire pro Auftritt, aber ich machte immer nur zwei und nicht drei, den um 17.00 Uhr und den um 19.30 Uhr. Der dritte war um zwanzig vor elf, aber da konnte ich nicht mehr, das war zu spät.

Dann starb glücklicherweise der, der mich erpreßt hatte, bei einem Motorradunfall (er war nur auf dem Hinterreifen gefahren und gestürzt, er hatte keinen Helm aufgehabt und zerschmetterte sich den Kopf, das Motorrad rollte aber noch weiter und überfuhr einen alten Mann, der sofort darauf starb).

Das entlastete mich unheimlich, und ich fing Streit mit dem Besitzer des *Ambra Jovinelli* an (klar, ich suchte ja jetzt jeden Vorwand, um gehen zu können), ich beleidigte ihn derart brüsk, daß er mich entließ.

Ich war in der Friseurschule und hatte heftige Magenstiche. Ich saß in dem Kabuff vor dem Bad auf dem Stuhl und hielt mir den Bauch. Irgendwann kommt Sandra mit Sergio ins Bad, ich kann die beiden absolut nicht ausstehen, aber ich tat so, als wären sie wie alle anderen, und Sandra sagte zu mir: «Was hast du denn? Haste etwa . . . deine Tage?»

Und daraufhin machte ich mir einen Spaß draus und sagte, ich hätte meine Tage, und um es zu beweisen, ging ich in den Salon, nahm die Rasierklinge und ritzte mir einen kleinen Kratzer in den einen Schenkel, so daß etwas Blut kam, und zeigte Sandra, Lucio, Laura, Lisa und Rossella, daß ich «die Regel» hatte. Aber ich machte es einfach so, als würde es mich nicht besonders interessieren, so zum Spaß, eine von vielen Möglichkeiten, etwas zu lachen zu haben. Aber jetzt, wo ich darüber nachdenke, weiß ich nicht genau, ob ich es vielleicht auch tat, damit ich als Frau angesehen werde, vielleicht war es das, ich weiß nicht. Ich weiß nur, daß ich damit anfing und aufhörte (jedenfalls an dem Tag, ohne es zu merken) – aus Spaß.

Marcos Tagebuch

Rom, 18. Januar 1977

Jetzt, wo ich ein paar Sachen kapiert hab, will ich nicht mehr «strichen» gehen. Ich hab n andern Job gefunden, und es geht mir einigermaßen okay. Der Chef ist eine Null, mit der Frau bin ich befreundet, die ist okay zu mir. Carlo, der Junge, dessen Posten ich übernehmen soll, weil er freiwillig zur Luftwaffe geht, der ist auch in Ordnung. Francesca, die Schwägerin vom Chef (sie ist mit dem Bruder vom Chef verheiratet), ist ne blöde Kuh, die geht uns immer auf die Eier, mir und Carlo, bloß weil sie in anderen Umständen ist. Jeden Tag hat sie irgendein Leiden, und jedesmal was Neues. Uns läßt sie ackern wie die Idioten, und selber sitzt sie bloß rum und rührt keinen Finger. Aber das Trinkgeld, das krallt sie sich abends auch, und am Wochenende kriegt sie 40000 Lire und wir 10000.

Rom, 7. Februar 1977

Ich und Maria, wir kennen uns von klein auf, wir sind zusammen bei Don Attilio in die Schule gegangen. Ich, sie, Ernesto, Pino, ich weiß gar nicht, was wir alles für Dinger zusammen gedreht haben. Wir vier waren die Anführer bei allem. Dann hab ich mich von ihr gelöst, auch weil ich noch in der Kirche aktiv war und sie nicht. Seit letztem Jahr sind wir wieder zusammen, wie Geschwister. Wir krachen uns endlos, legen uns gegenseitig rein, aber wir sind wie die zwei Diebe von Pisa: Die streiten sich auch ewig, aber die sind immer zusammen. Sie sagt, daß sie mich gern hat, und ich hab sie auch gern, obwohl ich ihr manchmal erzähle, daß sie mich überhaupt nicht interessiert.

Ich weiß noch, ich war elf, und wir büffelten für die Zeugnisprüfungen in der fünften Volksschulklasse, aber wir waren an dem Tag derart lebhaft, daß wir unter dem Vorwand, wir wollten die Klos in Don Attilios Nachhilferäumen putzen, spielen gingen und uns totlachten. Wir waren: ich, Maria, Ernesto und Pino, die vier Schädlinge. Wir gingen putzen und machten statt dessen alles dreckig: Wenn du durch das Klo wolltest, mußtest du n Boot dabeihaben, soviel Wasser hatten wir laufen lassen. Dann holte Maria einmal ein bißchen kräftiger aus mit dem Besen – sie stand gerade hinter mir –, und mein Rücken, mein Kopf und meine Beine waren naß. Und dann – jippie! – haben wir uns alle vier gegenseitig Wasser über Haare, Gesichter und Beine gekippt, kurz, es sah so aus, als wären wir alle in einen vollen Brunnen geflogen, so durchgeweicht waren wir. Da kam Don Attilio (wir waren mehr als zwei da drin gewesen, im Klo) und fand uns alle klitschnaß bis auf die Knochen, und es setzte Prügel. Was soll ich noch sagen, seit dem letzten Jahr sind ich und Maria wieder zusammen, und was der eine macht, macht der andere auch. Das wissen alle, alle wissen, wieviel Dinger wir zusammen drehen, und alle wissen auch, wie gefährlich es ist, mit uns zusammen in den Bus zu steigen, wir machen nämlich immer irgend nen Trouble.

Rom, 19. Februar 1977

Ich bin eifersüchtig wegen Maria, auch als sie mit Umberto ging, war ich eifersüchtig, nicht eifersüchtig in dem Sinn, daß ich auch in sie verliebt wär, nee, nee, um Gottes willen, aber ich bin eifersüchtig, weil wir dann immer nicht den lieben langen Tag zusammen sein können, weil ihr Typ auf sie wartet und sie abholt und weil sie auch sonntags immer mit dem ausgehen muß.

Früher haben wir geschimpft, daß wir immer allein waren und kein Geld hatten, aber früher konnten wir uns mit 500 Lire immerhin noch köstlich amüsieren: Wir fuhren zu ihrer Lehrerin Frau Piga nach Hause, oder zur Piazza Navona, zur Piazza Venezia, nach Tor Tre Teste, nach Centocelle. Kurz und gut, obwohl es uns was ausmachte, daß alle uns schnitten, mir aus einem bestimmten Grund und ihr aus einem anderen, jedenfalls haben wir uns amüsiert. Jetzt amüsier ich mich nicht mal mit 10000 Lire in der Tasche. Warum können wir bloß nicht wieder Kinder sein, ich, Maria, Ernesto und Pino. Wir vier, noch einmal.

Jetzt sitz ich hier und schreibe und komme mir vor wie ein Knoten im Magen, so leide ich. Hoffentlich hat sie sich diesmal auch nur kurz verknallt und das geht vorbei und alles ist bald wieder beim Alten, ich hab die Schnauze voll, ich seh sie jetzt seit bald zwei Wochen nicht mehr, und ich hab die Schnauze so voll, ich will sie wiedersehen!

Rom, 23. März 1977

In meinem Viertel werden Homosexuelle im allgemeinen von niemand akzeptiert, aber die Diebe, die kommen alle zu uns. Die Leute betrachten uns mit einem ironischen Lächeln (und die können uns noch am wenigsten treffen). Aber es gibt auch welche, die uns treffen können, mit Worten und mit Karikaturen, so diese Art von Geschrei und Verhalten, und in Gelächter brechen sie aus.

Was sind das bloß für Menschen, die über uns lachen? Das sind die, die mit uns ins Bett gehen. Wir, die wir homosexuell sind und niemand was tun, wir werden nicht anerkannt. Aber die Diebe, die Drogensüchtigen, Mörder, Hehler, Schmuggler, die Prostituierten usw., die werden anerkannt. Sind wir eklig, wenn wir auf der Straße stehen und uns prostituieren? Die Macker erzählen uns: «Wenn du willst, daß ich mich mit dir zusammentue, dann mußte klauen gehen!» Und jetzt, wo ich euch das gesagt hab, sind *wir* immer noch so eklig?

Rom, 23. Mai 1977

Warum benehme ich mich so? Warum finde ich das beschissen, diese Tabus, daß der Mann nur männlich sein darf und daß er seiner Frau nicht helfen darf, weil bloß die Frau den Haushalt machen darf? Ganz viele halten sich an dieses Konzept und fühlen sich nur dann männlich, wenn sie wie die Halbstarken mit ner Zigarette im Mund sagen: «Los, gehn wir was aufreißen!» Das kommt mir alles so falsch vor, und es kommt mir auch falsch vor, wenn sie immer erzählen, ein Mann muß ne Familie gründen.

Deshalb nämlich benehme ich mich wie die miese Kopie von einer Frau. Ich weiß genau, mein Vater kriegt zuviel, und ich benehme mich extra so, weil ich der erste Homosexuelle in der Familie Spadaro bin, der rauskommt, und wenn es vor mir noch welche gegeben haben sollte, dann hat das keiner gemerkt. Ich weiß genau, daß die Männer immer dann auf uns losgehen, wenn sie sich impotent fühlen.

Rom, 28. Mai 1977

Ehrlich gesagt, ich weiß nicht, warum ich Drogen nehme und wie ich damit angefangen habe, ich weiß nur noch, daß alles aus Spaß begann, aber ich erzähl immer allen, ich fing an, Drogen zu nehmen, weil ich damit mal Erfahrungen machen wollte. Letztes Jahr im Mai haben ein paar Kumpel von mir einen Joint gebaut, und ich hatte eine Heidenangst, aber ich wollte trotzdem rauchen. Ich sah, wie der Joint die Runde machte und mitsamt dem Joint auch mein Kopf. Am nächsten Tag sah ich, daß sie wieder einen bauten, und hab gesagt: «Ich will jetzt auch mal rauchen!» So hab ich angefangen, ich wollte ein bißchen Ruhe kriegen. Aber als ich wieder «bei mir» war, «ganz bei mir», da ging's mir noch schlechter. Klar, eine Zeitlang konnte ich ruhig sein, aber danach war's noch schlimmer. Jetzt, wo ich versuche aufzuhören damit (seit zwei Wochen), habe ich seit zwei Wochen furchtbare Kopfschmerzen. Ich schiebe das auf den Stoff, ich weiß ja nicht, worauf ich das sonst schieben soll, aber ich hab keine Ahnung, wovon das abhängt.

Das letzte Mal, als ich geraucht habe, ist mir der Zeitsinn verlorengegangen. Ich mußte um halb acht zu Hause sein, aber um halb neun war ich immer noch in der Bar und hatte überhaupt keinen Sinn fürs Nachhausegehen. Und dann gehöre ich auch zu den Leuten, die immer nervös sind, wenn sie Krach mit ihrem Vater haben, ich krieg eine Angst, und die geht mir in den Magen. Aber da war ich ruhig und still, ich machte mir überhaupt nichts daraus. Schließlich wollte ich die Straßenbahn nehmen, aber als ich darauf wartete, konnte ich keine hundert Meter weit sehen.

Dann merkte ich, wie mich immer ein Junge anstarrte, als ich folgendes Lied vor mich hinsang: «Die Tunte hält man im Süden für eine Schande vor dem Herrn, wir treiben einen harten Kampf voran, den die feine Gesellschaft zu einem harten Kampf macht, ja – aber gegen die Natur; wir fühlen uns als Frauen, aber wir sind es nicht mal halb, und das ist noch ne Schuld, die uns die feine Gesellschaft anhängt . . .», und ab und zu ging ich vom Bürgersteig runter auf die Schienen und guckte, ob die Bahn kommt, und dann wieder hoch, und da merkte ich, wie der mich anstarrte, und am Ende sagte er ein paar Worte zu mir, aber die verstand ich nicht, deshalb fragte ich: «Hä?» Und der: «Was willst'n du? Ich hab nichts gegen dich!» Und damit war's vorbei, ich spielte weiter mein Spielchen, hüpfte den Bürgersteig runter und wieder rauf und sang, und schließlich sagte er zu mir, und diesmal verstand ich seine Worte gut: «Du bist ja total vollgedröhnt!»

Ich hatte die fixe Idee zu zeichnen, und diese eine Zeichnung hat bei mir nen bleibenden Eindruck hinterlassen. Es war eine Zeichnung, die aussah wie eine Hand, und aus dieser Hand schien ein Baum zu werden, dessen Ast ein Finger war, dann Schattierungen, die aussahen wie Wolken und eine Sonne oder ein Vollmond, und im nächsten Moment sah das alles aus wie eine einsame Pinie in der Nacht oder am Tag auf einem Felsengebirge. Silviuccia hatte ja die fixe Idee, sie müßte sich zusammenkauern und schreiben, und so schrieb sie. Sie schrieb immer, wie die Nazis die Partisanen unterdrückt hatten, beschrieb Orte, Menschen, Waffen, die Zeit, alles, auch die Gefühle, die sie hatten, sowohl die Nazis als auch die gefangengenommenen Partisanen. In der ersten Zeit unserer Bekanntschaft hab ich sie echt ein paarmal (während sie schrieb) schreien gehört, so Schmerzensschreie, und geglaubt, es geht ihr schlecht, und das hab ich auch gesagt. Aber dann haben sie mich aufgeklärt, und ich hab's kapiert, und seitdem macht es mir nichts mehr aus.

Ich hab nie selber Stoff gekauft, wenn was da ist, rauche ich mit, wenn nicht, rauche ich eben nicht, es läßt mich kalt.

Rom, 20. Juni 1977

Ich werde nie vergessen, wie sich mein Bruder über Ida lustig gemacht hat, das ist eine Frau mit nem Haufen Probleme und ein bißchen verrückt. Er hat sich wirklich auf gemeine Weise lustig gemacht über sie, er und Maurizio und Giacomo. Genauso, wie sie sich über Bruno lustig gemacht haben, Bruno ist dreißig und schwerer Alkoholiker und hat ne Menge Jahre Sicherheitsverwahrung in der Klapsmühle auf dem Buckel. Sie haben ihn mitgenommen, weil er einmal auf den Kirchenstufen gesessen und fünfzig Lire für ein Glas erbettelt und sich dabei vollgeschissen hat. Er hatte die ganze Hose voll Scheiße. Ich werde auch nie vergessen, wie mein Bruder zu Hause im Fernsehen eine von diesen Privatsendungen angeguckt hat, einen Karatefilm, da war eine Szene, wo ein Mann einen Jungen mit dem Messer erstochen hat, und ganz viel Blut ist geflossen. Mir kam es vor wie damals, als ich das erste Mal Geschlechtsverkehr hatte, und ich mußte die Augen zumachen und rausgehen, so hat mich das mitgenommen.

Wenn ich sehe, wie mein Bruder solche Leute verarscht, krieg ich einen nervösen Magen und denke: «Verdammte Scheiße, warum muß mein Bruder bloß immer solche Leute reinlegen? Kann der sich denn nicht vorstellen, daß man auch noch nen Haufen andere Witze reißen kann? Muß man unbedingt Leute verarschen, bloß damit man was zu lachen und zum Amüsieren hat? Wenn ihn einer verarschen würde wegen seiner Kinderlähmung, würd er etwa nicht da drunter leiden? Na klar, der würd da drunter leiden! Also warum kapiert der das denn nicht und hört auf damit? Er ist Sozialist, aber wenn er wirklich Sozialist wär, dann würd er so was nicht machen!»

Mir fällt auch ein, wie sie mich veräppeln und mir was anhängen, wofür ich gar nichts kann. Er kann auch nichts dafür, daß er Polio gehabt hat, das Schicksal hat es so gewollt, aber wenn sie ihn so behandeln würden, wie er die Leute behandelt und ihnen was anhängt, dann würd er's schon merken, dann würd er sich nämlich auch unglücklich fühlen.

Er kritisiert so scharf an Homosexuellen rum und merkt gar nicht, daß er nachts selber neben nem Homosexuellen schläft, er trinkt aus demselben Glas wie ich, er ißt vom selben Teller und mit demselben Besteck, das ich auch benutze. Er wischt sich den Mund mit derselben Serviette ab, die ich auch nehme, er geht auf dasselbe Klo wie ich, und bin ich etwa kein Homosexueller?

Rom, 2. Juli 1977

Betty (eine homosexuelle Freundin von mir) hat mich wirklich gern und hat mich gewarnt, daß die oben im *Termini* mir das Ding mit der Walnuß drehen wollten. Ich hab ihn gefragt: «Was ist'n das für ein Ding mit der Walnuß?» Und er hat geantwortet: «Kann ich dir auch nicht erklären, was das für'n Ding ist, jedenfalls mißtraue allem und jedem!»

Ist das vielleicht meine Schuld, wenn die ganzen Männer und die Soldaten lieber mich als die anderen Homosexuellen wollen, seit ich in der Bar ein und aus gehe?! Ich bin ja nun wirklich so toll auch nicht, und die anderen Tunten können mich um Längen schlagen, z. B. Monica, Betty, Tatjana, Lilly die Umgebaute (der ging's auch besser, als sie noch ein Mann war, obwohl sie wirklich schön ist) und die ganzen anderen, die ich vom Sehen kenne. Wenn Barbara, Cinzia, Messalina, Silvy, Steffy und Ornella mit mir verglichen alt sind (die sind alle über dreißig), was kann ich denn dafür, wenn die Expartner und Exfreier von denen mich vorziehen? Ich hab meine Jugend, klar, aber die haben mein Alter schon lange hinter sich, und was jetzt mir passiert, ist denen schon längst passiert, als sie in meinem Alter waren.

Rom, 19. Juli 1977

Gestern bin ich mit Betty und Paola ins Kino gegangen. Wir haben so eine Witzfassung von *Emmanuelle* gesehen. Plötzlich hat jemand Betty angebrüllt: «Sag mal deinem Freund da Bescheid!»

Und Betty hat zu Paola gesagt: «Der will was von dir.»

Paola: «Was willste denn?»

Der Typ: «Von dir nix, von dem andern!»

Paola: «Der will was von *dir*.»

Ich: «Von mir? Wer denn?»

Paola deutete irgendwohin, und ich drehte mich um und sah Andrea. Aber ich tat so, als würde ich ihn nicht erkennen, und er winkte mir mit der Hand: «Komma her hier!»

Ehrlich gesagt, ich hatte Schiß und wollte mich nicht wegrühren, schließlich kam er dann zu mir. Aus Angst, er würde mir vor allen Leuten eine Szene machen, nahm ich eine Zigarette und ging auf den Flur rauchen und er hinterher, am Ende (immer noch, als ob ich ihn nicht kenne) hab ich ihm gesagt: «Was willste denn nun eigentlich von mir?»

Und er: «Wohnst du nicht in San Basilio?»

«Nein!»

«Bei den Hochstraßen, an der Straßenbahn?»

«Und wenn schon!»

«Na ja, dann erzähl mir nicht, daß de mich nicht wiedererkennst!»

«Nee, ich erkenn dich nicht wieder!»

«Du hast mich mal angerufen morgens, und dann haste die Schule geschwänzt.»

Ich tat so, als wär ich perplex, und sagte: «Du bist Andrea!»

«Ja!»

«Und was willste jetzt hier?»

«Warum haste dich nicht mehr blicken lassen?»

«Weil ich dich nicht mehr sehen konnte!»

Nach außen gab ich mich ganz ruhig, aber innen drin hatte ich grenzenlos Schiß.

Er: «Du hättest mich mal anrufen können.»

«Warum hätt ich dich wohl anrufen sollen? Zu welchem Zweck?»

«Los, schreib dir meine Nummer auf, und morgen früh rufste mich an!»

«Erstens brauch ich deine Nummer nicht, ich hab sie nämlich noch. Zweitens, was du mir am Telefon zu sagen hast, kannst du mir auch jetzt sagen. Drittens seh ich überhaupt nicht ein, warum ich dafür telefonieren soll.»

«Hier sind Leute, ich kann's dir nicht sagen.»

«Dann gehen wir eben auf die Treppe, und du sagst es mir da.»

Wir gingen die Treppe zum Rang hoch, und er erzählte: «Ist dir wohl noch nie passiert, daß de dich mal mit wem wohl gefühlt hast?»

«Doch, und wie! Mit dir war's so!»

Er blieb einen Augenblick stehen und sagte: «Ich will wieder mit dir zusammen!»

Ich sagte mit gespielter Ruhe: «Hör zu, ich fühl nix mehr für dich! Es hat keinen Zweck, daß wir wieder anfangen wie vor zwei Jahren, die Zeit vergeht für alle, und ich hab keinen Bock, noch mal mein Leben von vor zwei Jahren durchzumachen, wo ich jeden Abend mit Herzklopfen rumgebracht hab, also kurz: Ich will nicht wieder mit dir zusammen!»

Er beharrte weiter, und ich immer nein, nein. . . Am Ende sagte er mit einem Hoffnungsschimmer: «Na ja, wenn de drüber nachgedacht hast, meine Telefonnummer haste ja!»

Dann ging er weg.

Letzte Nacht hab ich nur an ihn gedacht, und dann heute morgen hab ich ihn angerufen, und wir haben uns auf der Piazza Navona verabredet, aber ich werd nicht hingehen.

Rom, 21. Juli 1977

Freitag haben sie zu sechst Paola (Paolo) verprügelt. Sie wollte gerade Klamotten kaufen, also ein Paar Jeans und ein Paar Schuhe hatte sie schon gekauft, und jetzt wollte sie gerade eine Bluse in einer Boutique in der Nähe vom Kolosseum kaufen gehen, da sieht sie plötzlich Schneewittchen (eine Tunte aus Sardinien) und sagt zu ihr: «He, Schneewittchen, bist du wieder hier?»

Und Schneewittchen fängt an zu kreischen: «Die hat mich wiedererkannt, das sag ich Lorella!», und dann haben sie sie zu sechst verprügelt (Paola hat noch immer die blauen Flekken). Paola ist dann echt geflitzt, bis zu den Gärten am Termini, und hat es den ganzen Tunten berichtet, und wir haben beschlossen, jetzt treiben wir der ein für allemal aus, daß sie hier in Rom stehen kann. Das ist jetzt das zweite Mal, daß die uns so n Ding verpassen (seit ich dabei bin). Wir sind alle losgezogen: ich, Betty, Lory die Umgebaute, Paola, Monica, Barbara, Susy, Lorella und Claudia (lauter Tunten), und wollten die von Kolosseum verprügeln gehen. Als wir ankamen, haben wir erst mal ne Runde ums Kolosseum gedreht, bevor wir richtig losgeprügelt haben, Paola sollte uns zeigen, ob die auch alle da waren, die sie verprügelt hatten. Sie sagte, daß eine fehlt, also was haben wir gemacht? Wir haben uns in der Nähe versteckt und dann nach kurzer Zeit gesehen, wie eine aus dem Auto gestiegen ist, und dann hat Paola gesagt: «Die isses, jetzt sind se alle da!»

Wir los und auf die drauf. Als Schneewittchen Betty gesehen hat, hat sie an zu kreischen gefangen: «Nein, Betty, ich schwör's, ich komm nich mehr!» Inzwischen hatte Betty sie aber schon an den Haaren gepackt, und dann stand sie ganz schön doof da, als sie merkte, es war nur ne lange Perücke. Unterdessen fing Schneewittchen an zu flitzen, und Betty und Lorella hinterher, bis sie sie geschnappt und total durchgewalkt hatten. Ich, Monica und Claudia waren grad am Verprügeln von zwei anderen, ich hatte erst gedacht, die sind entweder umgebaut oder echte Frauen, erst als ich sie an die Eier gepackt und zugedrückt hab, hab ich gesehen, daß es zwei Tunten waren (die andere auch, hat Monica mir erzählt).

Unsere Taktik war, daß wir die ordentlich verprügeln wollten, fünf bis zehn Minuten lang, und dann alle auf Mopeds in verschiedene Richtungen verschwinden wollten, so daß sie uns nicht alle kriegen, wenn sie uns verfolgen. Und so haben wir's auch gemacht. Aber als ich dann erfuhr, daß Lorella (die arbeitet als Transvestit am Lungotevere) Monica, Ursula und Angela erzählt hat, sie müßten kommen und mitprügeln, und Angela und Ursula haben erst ja gesagt und dann sind sie nicht gekommen, da bin ich sauer geworden.

Gestern abend haben wir Angela und Ursula verprügelt, wir sind in den Gärten an der Stazione Termini aufeinander los, und ich hatte gestern eine Heidenangst im Bauch wegen der Polizei, die kommen sollte. Lella (auch ne Tunte) wollte uns trennen, damit ich abhauen konnte, und dabei hat er mir meine schwarze Bluse zerrissen.

Rom, 30. September 1977

Seit ich arbeiten gehe, liegt mir meine Mutter dauernd in den Ohren wegen Kleidern und Schuhen. Meine Schwestern rufen mich jetzt von sich aus an, und ich muß nicht immer selber zu ihnen gehen und gucken, ob ich ihnen was helfen kann. Mein Vater will, daß ich da kündige und Maskenbildner werde, aber ich will nicht kündigen und Maskenbildner werden, denn seitdem ich da arbeite, behandeln sie mich zu Hause gut, wirklich wie einen anständigen Menschen (sozusagen) und nicht mehr wie jemand, der unbedingt was zu tun kriegen muß. Das Gehalt, das ich nach Hause bringe, ist natürlich nichts angesichts der zwölf Stunden täglich, die ich arbeite. Aber seit ich arbeite, habe ich noch ne Menge andere Befriedigungen, und auf die will ich nicht verzichten. Vor ein paar Abenden hab ich mit ein paar Jungen geredet, die sich immer über mich lustig machen. Wir haben uns lange unterhalten: «Was habt ihr eigentlich davon, wenn ihr euch über mich lustig macht? . . . Macht es euch Spaß? Merkt ihr gar nicht, daß ihr mir da ne Schuld anhängt, die ich nicht habe?»

Sie: «Wenn das n Fehler ist, wenn wir dich veräppeln, dann machst du aber auch nen Fehler, wenn de dich so verhältst!»

Ich: «So – wie? Wenn ihr mir nämlich erzählen wollt, ich würd n Fehler machen, wenn ich homosexuell bin, dann macht ihr selber einen, und wenn ihr vorhabt mir nachzusagen, ich wär bloß ne miese Kopie vonner Frau, also das wär dann n Fehler von mir, aber Tatsache ist auch (ich brachte ein Beispiel), daß du, wenn du dich so sehr in deinen Vater reinkniest oder in einen Kinohelden und anfängst, genauso zu gehen, dich zu bewegen und die Zigarette zu halten, dich genauso zu kleiden und die Haare zu färben wie der, dann kniest du dich so sehr in einen anderen Menschen rein, daß du schließlich auch an den Punkt kommst, wo du bloß noch ne miese Kopie von dem wirst.

Entschuldigung, wir kommen gleich wieder darauf zurück, was los ist, wenn ich oder Fabrizio oder wer immer sonst noch homosexuelle Neigungen hat, vorbeikommt . . . Warum macht ihr euch so unheimlich gern lustig über uns, meint ihr, ihr könntet so ein aktuelles Problem von Anerkennung einfach spielend übergehen? Es gibt doch wirklich genug Vergnügen, zum Beispiel ‹gefüllte Wassertüten› oder ne Runde Ballspielen . . . Ich will ja hier keine Versammlung abhalten, aber wenn ihr hört, daß ich was Falsches sage, dann müßt ihr auch was dagegen sagen! Und schließlich, ich als Homosexueller werd nicht anerkannt, obwohl ich überhaupt nicht die ganze Gesellschaft ins Wanken bringe: Erstens bin ich auch ausgebeutet, ich arbeite nämlich von morgens bis abends und verdiene scheißwenig, zweitens geh ich nicht klauen und nicht morden, nicht weil ich das abscheulich finde, sondern weil ich weiß, es ist gegen das Gesetz. Aber wer bringt denn die Gesellschaft ins Wanken, wenn nicht die Diebe und Mörder, ich meine nicht die Diebe, die bei den Marktständchen oder bei Standa klauen, sondern die, die Banken ausrauben, aber die werden anerkannt. Muß man die anerkennen, bloß weil sie etabliert sind?»

Sie: «Ist schon richtig, was du sagst . . . Aber wir mögen lieber die.»

Ich hab sie gefragt warum, aber sie haben nicht geantwortet.

Sie: «Aber guck mal, du handelst gegen die Natur, denn der Mann ist dazu geschaffen, daß er mit ner Frau geht!»

Ich: «Jaja, bloß Brot ist auch dazu geschaffen, daß man es mit was dazu ißt, und trotzdem gibt es Leute, die essen es trocken! Das ist genauso, wie wenn ich dich vor einen Teller Minestra setze, und du erzählst mir: ‹Ich mag aber nur Pastasciutta!›»

Sie: «Aber weißt du, was euer Ruin ist? Ihr seid zu gebildet!»

Ich: «Nein, das stimmt überhaupt nicht, wann hab ich wohl zuletzt was für meine Bildung getan? Dies Jahr auch wieder nicht, obwohl ich versetzt worden bin . . . Das kann man nicht zum Vorwand nehmen, obwohl ich auch weiß, daß die Größen der Geschichte und ne ganze Menge Denker, die es gegeben hat, homosexuell waren!»

Sie: «Nein, du bist ne Tunte!»

Ich: «Paßt mal auf, was ich sage, führt zu überhaupt nichts, solange immer irgendwer hinter seinen Witzen über mich seine eigene Homosexualität versteckt. Glaubt ja nicht, ich hab Illusionen, ich weiß ganz genau, ich brauch mich nur umzudrehen und nach Hause zu gehen, und das Gemunkel und Gelache geht wieder los. Aber eins ist klar, so homosexuell wie ich bin, wenn ich n mir in den Arsch stecken lasse, so homosexuell ist auch der, der 'n mir in den Arsch steckt! Und es gibt kein Alter, um homosexuell zu werden: Man kann's mit zwei werden oder mit zwölf, mit vierzig oder mit sechzig . . . Es ist wie eine Krankheit, wo man auch nicht weiß, wann die kommt und wann die vorbeigeht, ich bin froh, daß ich so bin, und ich hab keine Schuldgefühle deswegen. Jetzt geh ich nach Hause, es ist spät. Ciao.»

Als ich ging, hörte ich hinter mir jemand schreien: «Uhmmm . . . meine Schöne!» und jemand anders: «Hörste jetzt auf damit . . . Arschloch?!»

Als ich nach Hause kam, war es zehn Uhr abends.

Immer wenn ich jetzt da vorbeikomme, macht irgendwer einen Witz, aber damit hatte ich ja gerechnet . . . Womit ich nicht gerechnet hatte, ist, einer von den Jungen (der gehörte zu denen, die mir wirklich unheimlich auf die Nerven gegangen waren) hält mich jetzt immer an und redet mit mir, wenn ich vorbeikomme, und macht sich nicht mehr über mich lustig.

Jemand hat endlich kapiert, daß wir an nichts schuld sind.

Marias Monolog

Ich heiße Maria und bin am 17. November 1959 in Rom geboren.

Meine Geburt war ziemlich schwer, weil ich Zwilling bin und noch einen Bruder habe und meine Mutter Schwierigkeiten hatte, die Schwangerschaft überhaupt durchzustehen . . .

. . . Maria dagegen hat mir schon im Bauch Kummer bereitet. Ich hatte sonst lauter normale Entbindungen, alle normal. Nur bei den Zwillingen, als die unterwegs waren, da mußte ich Eiweiß kriegen. Ich war völlig aufgebläht, und eines Morgens wollte ich aufstehen und konnte nicht mehr gehen. Da bin ich die Hebamme holen gegangen und hab mich untersuchen lassen, und sie hat mir gesagt, ich soll Spülungen machen. Sie hat mir was gegeben, das war wie Eau de Javelle, und am Abend mußten sie mich schon wegbringen, weil ich Wasser und Blut verloren hab, und da haben sie mich einen Tag zu früh entbinden lassen. Ich hab entbunden und die Welt nicht mehr verstanden. Maria haben sie sofort nach der Geburt eine Lumbalpunktur gemacht, weil ihr Blut aus der Nase und aus dem Mund kam, sie haben erzählt, sie hat so was wie einen Kollaps. Als die Kinder zweieinhalb Kilo wogen, haben sie mich nach Hause geschickt . . .

Nach neun Monaten wurde ich geboren, und sie haben mich in einen Brutkasten gesteckt. Jedenfalls war mein Bruder nicht normal, der hatte zwei verschiedene Füße: Eine Ferse war größer als die andere, und meine Mutter wußte nicht, wie sie es schaffen sollte mit uns beiden auf einmal. Als wir klein waren, hat meine Mutter uns alle beide monatelang gestillt, und dann hat sie mit Brei angefangen.

Die Kinder habe ich alle gestillt, nur kurz, aber alle wie sie da sind. Maria einen Monat lang, anderthalb; Vera allerdings ein ganzes Jahr, für die hatte ich ganz viel!

Dann wurde ich ein bißchen größer und hab miterlebt, wie meine Mutter und mein Vater ganz schön Opfer für uns gebracht haben. Ich erinnere mich noch, daß mein Vater uns viel zum Essen mitbrachte, er ließ es uns an nichts fehlen, auch wenn meine Eltern oft gemeckert haben und ich anfing, ihnen Unannehmlichkeiten zu machen, weil ich ein bißchen frühreif war und kapiert hab, was das Leben ist.

Mit ungefähr drei kam ich in den Kindergarten zu den Nonnen. Ich mochte es nicht dort, aber gleich nebenan waren die Karussells. Mit ungefähr fünf bin ich richtig in die Volksschule gekommen.

. . . sie spielte immer wie ein Junge, spielte Ball mit Jungs und war immer mit Jungs zusammen.

In der Schule hat Maria so manchen Kummer gemacht, die Lehrer klagten über sie, sie kam immer mit irgendeinem Tadel nach Hause. Sie war lebhaft, dumm war sie nicht, aber sie störte die anderen. Während der Volksschulzeit war sie in einem Sonderschulzweig: Die hatten behauptet, sie ist zurückgeblieben.

Ich wußte nichts davon, das haben die Lehrer untereinander beredet. Wirklich, ich hab gefragt, warum sie sie dahin gesetzt hatten. Ich hab gesagt: «Warum denn das? Maria ist doch nicht dumm!» Aber sie haben erklärt, das wäre bloß, weil sie nicht richtig lernte . . . Was soll das denn heißen, sie lernt nicht richtig?! Die Hausaufgaben hat sie immer ordentlich gemacht, da saßen wir schon hinter!

Vor dieser Entscheidung haben die Lehrer nie mit uns reden wollen, nur einmal in der fünften Klasse. Sie haben mich und meine Frau zu einer Unterredung gebeten, und als wir in die Schule gingen, um uns beim Rektor und beim Lehrerkollegium zu erkundigen, haben sie gesagt: «Was machen wir bloß mit diesem Mädchen? Haben Sie nicht Arbeit für sie?»

Ich habe gesagt: «Nein, sie ist schließlich noch klein, da schick ich sie doch nicht arbeiten!»

«Also dann machen wir das so . . . Wir nehmen sie wieder auf in der Schule, das heißt, wir lassen sie jetzt sitzenbleiben und die fünfte Klasse wiederholen, sonst landet uns das Mädchen noch in der Gosse.»

«Sehen Sie mal, mir ist es auch recht, wenn sie hierbleibt (ich wußte ja, daß sie etwas lebhaft war). Mir ist es nämlich lieber, Sie lassen sie sitzenbleiben, und sie macht die fünfte Klasse noch mal, als daß sie mir in der Gosse landet.»

Sie war sehr lebhaft und immer mit den Jungs zusammen. Ich hab immer gesagt: Ist das denn überhaupt ein kleines Mädchen, wenn sie dauernd mit den Jungs zusammen ist?

Mit fünf Jahren, weiß ich noch, kannte ich einen Typen, der hatte eine Bar und hat mich immer reingelassen zum Flippern.

Dann eines Tages stand ich dicht neben ihm, und er hat mich bei sich anfassen lassen. Ich hab nicht kapiert, wieso, und auch nicht, was das war.

Ich stand an der Kasse und gab den Leuten das Wechselgeld raus, und er hat sich immer mit meiner Hand anfassen lassen. Ich hab mitgemacht, weil ich gemerkt hab, wie das Ding da immer länger wurde, aber ich hab gar nicht kapiert, was für n Ding das war.

Immer wenn ich reingekommen bin, hat er mich gerufen, und dann ging das wieder von vorn los, und er hat mir zwischen die Beine gefaßt.

Der Besitzer von diesem Lokal hat immer hinter dem Tresen sein Ding rausgeholt, wenn seine Frau gerade nicht da war, und ich mußte es angucken. Dann hat er es mir in die Hände gelegt oder mich über sein Knie gelegt. Am Ende hat er mir hundert Lire gegeben und mich flippern geschickt.

Ich hab das nicht kapiert, aber gefallen hat's mir, dann hat er mich wieder spielen geschickt, dann hat er wieder gesagt: «Los, komm her hier!», und es ging wieder los . . . Ich war fünf, das weiß ich ganz genau, weil ich nämlich zu der Zeit die Angewohnheit hatte, dauernd den Pullover über meinem Hintern rauf und runter zu ziehen und er mich immer damit aufgezogen hat.

Dieser Mann hieß Pasquale . . . Es waren auch Leute im Lokal, immer ein oder zwei. Er zog mich das Treppchen runter, das war wie eine Tribüne, hinter dem Tresen neben der Kasse. Da war eine Kellerluke. Ich hab den Leuten ihr Wechselgeld rausgegeben, für mich war das Spielen . . . Die kauften die Ware, und ich gab ihnen raus.

Wenn ich ihn jetzt sehe, ekelt er mich, und grüßen tut er mich auch nicht mal mehr, als ob er mich gar nicht kennt.

Diese Geschichte hat ganz schön lange gedauert . . . In der *borgata* passiert kleinen Kindern so was viel zu oft, es gibt so viele Lustmolche und Ferkel. Ich erinnere mich noch an ganz viele solche Geschichten, diese hier ist auch schon alt, ich erinnere mich kaum noch daran. Ich war vier oder fünf, und im Kino war kein Sitzplatz mehr frei.

Ein Mann sagte zu mir: «Setz dich mit zu mir.» Er hielt mir die Hände und wollte spielen. Ich hab ihm die ganze Zeit einen gewichst und dabei gedacht, das ist irgendein großer Finger.

Meine Schwester Vera, die größer war als ich, hat mir hinterher alles erzählt. Und ich hab gesagt: «Hättste mir das nicht früher sagen können?»

Mit sechs war ich in der zweiten Klasse und hatte eine Lehrerin, die einem, wenn man das Einmaleins nicht konnte, ein Schild auf den Rücken gehängt hat, darauf stand «Esel», und dann hat sie einen in der ganzen Schule rumgeschickt. Oder man mußte sich auf die Knie hocken, den ganzen Vormittag bis zur letzten Stunde.

Dann hab ich mit größeren Jungen angefangen, mit denen hab ich dann das Ganze gemacht, und zwar oft.

Dann wurde ich größer und hab begriffen, was ich da tat. Und ob es richtig war, was ich da tat.

Mit acht Jahren, weiß ich noch, wie ich eines Tages mit so ein paar Kumpeln im Park war, also wie Jungen so sind: Die gehen in den Park und pflücken Margeriten und spielen. Da war eine kleine Katze.

Erst haben wir der was zu essen gegeben, dann ist sie gestorben, weil wir mit Steinen nach ihr gezielt haben.

Wir haben ihr richtig mit Steinen die Eingeweide aus dem Bauch gehauen . . . Dann stand da ein verlassener roter Sessel, und mit dem haben wir auch gespielt. Wir waren zu viert: ich, meine Schwester Lina und zwei Jungen.

Ich und der eine Junge haben arschgefickt. Meine Schwester, die war fünf, wollte das auch, aber ich hab's ihr verboten.

Als wir dabei waren, ist ein alter Mann gekommen, der uns nachgelaufen war, und hat sich in den roten Sessel gesetzt und gesagt: «Guck dir das an, die ficken sich in den Arsch, die ficken sich in den Arsch, jetzt ficken die sich in den Arsch . . .» Und dann ist ihm schon die weiße Wichse auf den roten Sessel gelaufen. Auf mich hat diese Stimme einen Eindruck gemacht wie ein elektrischer Schlag, und ich hab mich sofort umgedreht und ihn gesehen. Genau in dem Moment kam der gerade, und die weiße Wichse ist auf den roten Sessel geschlabbert und schlabberte da rum, während der Alte schon wieder hinter uns herkam, wir sind nämlich weggelaufen, und er hinter uns her, mit dem Schwanz draußen.

Wir sind ziemlich gerannt, bis zu einem anderen Teil vom Park, da wollten wir ficken und die Pärchen in den Autos beobachten, hinter dem Kino, hinter dem Park von den Nonnen.

In den Autos waren Pärchen. Zwei waren völlig nackt. Sie hat seinen in den Mund genommen, und dann hat er sie in den Arsch gefickt . . .

Ich weiß noch, ein Auto war voll mit Decken, also das geht so: Man dreht die Scheibe runter, hängt den Deckenzipfel dran und dreht wieder hoch. Dann kann keiner mehr reingucken.

In einem Auto war mein Cousin, der Sohn von meiner Tante, mit seiner Freundin. Dieses Schwein! Der behandelt seine Mutter schlecht und kommt sie nie besuchen, sie kriegt bloß 30000 Lire im Monat zum Leben . . . Aber ich konnte nicht erkennen, was die da machten, weil die ganzen Kissen da waren. Er muß gemerkt haben, daß ich da stand, denn danach hat er es mir erzählt: «Du miese Schnalle! Gehst Pärchen beobachten, wie?!»

Während wir Pärchen beobachteten, haben wir noch mal arschgefickt: Erst ich und Gianni, dann hat Claudio Gianni in den Arsch gefickt. Aber der Alte kam wieder an und blieb bei uns stehen, mit dem Pimmel draußen, das Schwein!

Dann haben wir Umberto getroffen, der ist schon siebzehn, ein Kumpel von uns, und der hat uns erzählt, daß unsere Mütter uns suchen und daß der Alte ein Lustmolch ist . . . Er kannte den nämlich auch gut!

Als ich ungefähr neun war, ging ich in die vierte Klasse, immer noch in der Sonderschule, und da gab es einen Hausmeister, der hat immer zu mir gesagt: «Steck bloß deinen Kopf in den Gasofen!», und ich hab's der Lehrerin erzählt, und auf der stand er doch gerade.

Ich war ein ziemlich schlimmes Mädchen . . . ich war immer mit den Jungen aus meiner Klasse zusammen im Klo.

Ich hab dann angefangen, mit größeren Jungen zu vögeln. Ich war jeden Tag im Park und hab Petting gemacht und rumgefickt mit einem . . . er hat ihn mir reingesteckt . . . er war wohl so zwölf oder dreizehn.

Neben uns lag eine große Büchse, die war offen. Plötzlich sagte er zu mir: «Die Büchse da, die ist gleich mit Blut voll!» Ich dachte, er wollte mich entjungfern . . . wir haben vor der Büchse gevögelt . . . ich hab mich so erschrocken, daß ich entehrt werden sollte.

Ich bin aufgestanden und weggelaufen. Dann hat er hinter mir her gerufen, und ich bin stehengeblieben und hab alles gemacht, was er wollte.

Diese Sache mit dem Blut hat mich ganz schön geschockt! Wenn ich mir den Finger in den Hals stecke, denke ich auch immer, es kommt Blut, und es kommt auch Blut, wenn ich jetzt aufstehe und spucke . . . Ich schocke mich verdammt selber!

... Wenn ihr schwanger werdet, schlag ich euch den Schädel ein!!!

Ich hab nur von sechs bis dreizehn Jahren Petting gemacht ... dann hab ich aufgehört, als ich die Regel gekriegt hab. Ich bin ehrlich geblieben, nicht wie diese blöden Gänse, die sich erst schwängern lassen und dann schnell heiraten! Freiheit ade! Ehe ist doch ein Reinfall!

Mit zehn ging ich in die fünfte Klasse, und da hatte ich einen tollen Lehrer, der mich gern mochte. Zu Weihnachten hat er mir immer was geschenkt.

Ich erinnere mich auch noch, daß ich in den Nachhilfeunterricht bei Don Attilio ging, und da waren Jungen in meinem Alter, die machten ihre Lektionen, und von da an war ich in der Kirche, und das bin ich jetzt auch noch.

Ich weiß noch, daß ich eines Tages ein Mädchen verprügelt hab. Die hatte nämlich zu mir gesagt: «Du bist ja lesbisch!» Ich hab sie reichlich vermöbelt. Und inzwischen weiter sexuelle Beziehungen mit Jungen gehabt.

Eines Tages in der Schule, zweite Klasse Mittelschule, bin ich plötzlich «Fräulein» geworden, und von da ab hab ich nicht mehr mit Jungen sexuell verkehrt. Ich hatte Angst, schwanger zu werden, obwohl es ja heute ein paar Sachen gibt, damit man vögeln kann und nichts nachkommt.

In der zweiten Klasse Mittelschule war ich sehr böse zu allen Lehrern. Ich ging aber immer in die Kirche; nach der Schule ging ich da immer hin, da hatte ich meine Kumpel ...

Maria war immer rebellisch, mir gegenüber auch – ich bin ihre ältere Schwester –, aber eigentlich gegenüber allen!

Dumm ist sie nicht, vielleicht sogar die intelligenteste.

Wir haben sie vier Tage lang rausgejagt und uns gedacht: Maria wird sich ändern!

Ich muß um fünf zu Hause sein, sie kommt nie vor neun Uhr nach Hause zurück: Sie setzt sich immer an den gedeckten Tisch, abwaschen tut sie auch nicht.

Ich konnte mir so was nie erlauben, wenn ich nämlich sagte: «Papa, ich geh tanzen», dann gab's Krach! Da kam ein Donnerwetter!

Wenn ich tanzen gehen wollte, mußte ich erzählen, ich geh ins Kino, aber man hat mir angesehen, daß ich log! Wenn es gerade vier war, hat mein Vater gesagt, ich soll um halb fünf wieder da sein: In der Zeit kann man ja grad mal um den Häuserblock gehen!

Wenn er sagte: «Du kommst nicht aus dem Haus!», ging ich nicht raus!

Wenn er zu Maria sagte: «Hör zu, Maria, ich geh jetzt schlafen, geh ja nicht aus dem Haus!», dann hat sie die Tür aufgemacht und ist weg. Wenn ich das gemacht hätte . . .!

Jetzt geh ich auch aus, aber um sieben bin ich immer wieder im Haus, weil mein Verlobter das so sagt. Das heißt, meistens sogar früher.

Ich erinnere mich noch, daß wir in den Weihnachtsferien wegfahren wollten. Wir fuhren nach Campo Catino. Ich lernte einen Haufen Leute kennen, die ich nie vorher gesehen hatte. Ich war gern mit ihnen zusammen, weil mir niemand von ihnen auf die Eier gegangen ist, und so hab ich angefangen, mich für Gina zu interessieren.

Ich hab mich mit ihr ein bißchen unterhalten und sie ins Herz geschlossen. Wir wohnten im selben Zimmer in Campo Catino. Abends vor dem Einschlafen hab ich mich neben sie gelegt und ihr von meinen persönlichen Problemen erzählt, und sie hat mir lange zugehört, und ich war sehr glücklich in den Tagen, die ich mit Gina verbracht habe. Ich hatte sie sehr gern, bloß manchmal hab ich mich mit ihr gestritten, aber ich hab mich immer entschuldigt, und danach hatten wir wieder Freundschaft, als ob nichts geschehen wär.

Ich war ja so verknallt . . . Sie dagegen nimmt inzwischen überhaupt keine Notiz mehr von mir.

Ich bin immer offen und ehrlich, aber die Leute nutzen das aus . . . Die sind beschissen, und dann machen sie sich auch noch lustig über mich. Vor einiger Zeit haben mir die Leute aus der Kirche, jedesmal wenn sie mich gesehen haben, erzählt: «Weißt du schon, daß deine Braut weg ist?» Sie meinten bestimmt Gina. Ich hab mich blöd gestellt und gefragt: «Wer? Ich hab doch gar keinen Freund», und sie haben gesagt: «Das wissen wir auch, daß du keinen hast . . . du hast ja ne Freundin!»

Also hab ich mir Luft gemacht und rumgeschrien und geprügelt. Ich hab mir einen von ihnen geschnappt, Pino, und ihm ein Veilchen verpaßt. Lange genug hatten mir ja schon die Finger gejuckt . . . ein Genuß, diese Schläge! Kam mir vor, als stehe ich unter der Dusche!

Danach bin ich weggerannt und zu zwei Freundinnen, Franca und Santina, nach Hause gegangen und hab erst mal eine geraucht. Ich hatte mich dann beruhigt, es ging mir gut, wie im Paradies, die beiden haben sich gefreut, mich zu sehen. Sie haben mich jetzt viel besser gefunden. Sie haben gesagt, ich wäre hübscher und weicher . . . Das braucht eben ne Zeit, aber ich bessere mich. Was ich hab, ist nicht so was wie Fieber, das man mit Aspirin wegkriegt! Das ist eine Manie, und es dauert, bis die vorbeigeht.

Ich war wirklich froh, daß ich mich vorher richtig ausgetobt hatte, und hatte Lust, Franca einen Zungenkuß zu geben und was mit beiden zu machen . . . zu vögeln, so ein bißchen bei ihnen rumzufingern, also, und es mir auch von ihnen machen zu lassen, von allen beiden.

Statt dessen haben wir Karten gespielt und gesungen. Es war trotzdem genauso schön. In der dritten Klasse Mittelschule hab ich eine Frau kennengelernt, die Pigabianca. Sie war Lehrerin. Ich hab sie über eine Zeichenlehrerin von mir kennengelernt. Die hatte sie in die Klasse gebracht, und ich hab mich sofort für sie interessiert, sie war nämlich sehr hübsch und hat uns eine Geschichte zeichnen lassen, und ich hab sofort nen Aufstand gemacht, damit sie mich bemerkt. Die Lehrerin hat zu mir gesagt: «Maria, hör jetzt auf damit!» Aber ich hab das überhaupt nicht gehört.

Als die beiden rausgingen, bin ich hinterhergegangen und

dann wieder in die Klasse zurückgekommen. Als ich dann aus der Schule kam, hab ich sie wieder gesehen und zu ihr gesagt: «Frau Lehrerin, wo gehen Sie denn hin?»

Und sie antwortete mir, daß sie zur Straßenbahn geht. Also hab ich sie begleitet.

Dann kam sie Samstag wieder und erzählte, sie macht jetzt Vertretung für unsere Lehrerin, und blieb ein paar Tage bei uns. Ich hatte sofort Zutrauen zu ihr gefaßt und sie auch zu mir, und sie hat gefragt: «Warum bist du eigentlich zu allen Lehrern böse, bloß nicht zu mir?»

Und ich hab geantwortet, daß ich gern mit ihr zusammen bin. Ich kannte sie lange, sie blieb nämlich das ganze Schuljahr über bei uns. Ich hatte sie sehr ins Herz geschlossen, bei ihr durfte ich machen, was ich wollte.

Während des Unterrichts bin ich immer einfach raus und durch die ganze Schule gegangen, und sie hat mir nie was gesagt, ich weiß auch nicht, warum.

Eines Tages ist sie mit uns in den Zoo gegangen und hat für alle bezahlt. Mir gegenüber hat sie auch durchblicken lassen, daß sie mich gern mochte, und vielleicht hab ich das ausgenutzt.

Dann eines Tages durfte ich ihren Ehemann kennenlernen, Aldo, ein hübscher Junge, sieht gut aus. Ich weiß noch, gleich als er mich sah, hat er gefragt, ob ich Maria bin, aber ich hab nein gesagt. Ich hab ihn gefragt, warum er denn Maria kennenlernen wollte, und er hat geantwortet: «Weil meine Frau soviel von dieser Maria erzählt hat!»

Genau in dem Moment hat Bianca mich gerufen: «Maria, komm, ich stell dir Aldo vor.»

Ihr Mann hat das auch gehört und zu mir gesagt: «Maria, du machst dich immer lustig über die Leute!»

Ich hab Schiß gekriegt und bin gegangen.

Immer noch mit dreizehn, in der dritten Klasse Mittelschule, hab ich Rita kennengelernt, die kam zu uns, um einen Animations-Workshop in der Schule aufzuziehen, und wir sind ins Gespräch gekommen. Aber nicht wie mit den anderen Frauen. Mit ihr ist es wirklich eine ernsthafte Arbeitsbeziehung, weil ich nämlich versuche, mein Inneres richtig zu begreifen und den Weg noch mal zu machen, um zu erfahren, warum ich eigentlich so bin.

Während der Zeit war ich immer in der Kirche und hab dort Gina gesehen, aber sie hat mich überhaupt nicht mehr interessiert, weil ich die Pigabianca kennengelernt hatte und sie gern hatte.

Die nimmt zwar inzwischen auch keine Notiz mehr von mir ... aber ich nehme Notiz von allen beiden, denn ich werde sie nie vergessen.

Ich habe Lust, mir den Finger in den Hals zu stecken ... ich kann's nicht lassen ... Ich bin aufgeregt, weil ich mich mit Lina gestritten hab, meiner kleinen Schwester. Sie spioniert mir hinterher, tratscht, ist böse. Ich streite mich oft mit ihr.

Sie erpreßt mich immer und sagt Mama Sachen von damals, als wir noch klein waren, im Park ... Da gab's einen Mann, der hat onaniert, und dann hat er irgendwann abgespritzt, ist er gekommen ... Wichse ist wie Rotz, genauso zerlassen und weiß. Wie heute, als ich soviel Rotz und Blut gespuckt hab und hinterher noch gerülpst hab. Manchmal möchte ich das gar nicht, mir den Finger in den Hals stekken, weil ich dann kotzen muß, aber mein Herz klopft ganz stark, dann kommt so ein Gefühl, und dann stecke ich ihn doch rein. Es ist, wie wenn ich Gina sehe: Mein Herz klopft genauso, und mir zittert der ganze Körper ...

Nicht nur damit erpreßt sie mich ... auch mit anderen Sachen, weil ich mich einmal im Bad auf Lina draufgelegt hab, so wie die Männer es machen.

Letzten Sonntag wollten sie mich nicht dabeihaben, als sie tanzen gingen, wegen des Fingers im Hals. Meine Kumpel haben mir das direkt ins Gesicht gesagt, ich soll aufhören. Ich war aber nicht sauer, sondern hab nur gesagt: «Na gut, ich gehe ... tschüs. Wenn's vorbei ist, komm ich nach, wenn nicht, dann habt ihr eben Pech gehabt!»

Und ich bin allein geblieben, das heißt nein, Marco ist bei mir geblieben, aus Freundschaft. Wir sind in die Kirche gegangen, zu Don Attilio, wie zwei arme Sünder, und haben uns ganz toll unterhalten.

Meine einzige Befriedigung besteht darin, daß ich manchmal was Schönes träume. In der Nacht nach dieser Geschichte mit dem Tanzengehen habe ich geträumt, ich bin in der Gemeindebibliothek mit zwei Jungen, von denen ich nicht mehr weiß, wer das war. Dann hab ich Marco gesehen, der hat gerade mit Gina geredet und ihr erzählt: «Weißt du, daß ich mich verändert habe? Ich bin nicht mehr wie früher!»

Gina hat sich gefreut und zu Marco gesagt: «Bravo, bravo, bist du ein schönes Mädchen geworden! . . . Herzlichen Glückwunsch!»

Dann sah ich, wie Gina rausging und dann noch einmal in die Bibliothek zurückkam: Sie hatte kurze nasse Haare. Ich hab zu ihr gesagt: «Ach, wie schön mein kleiner Pudel ist, bloß n bißchen begossen!» Und hab sie auf den Hals geküßt, und sie hat zu mir gesagt: «Du hast dich überhaupt nicht verändert! Du bist immer noch dieselbe!» Und ich zu ihr: «Los, laß mich das doch machen!»

Dieser Traum hat mir richtig gefallen, er hatte so was Weiches, es gab Küsse und Liebkosungen, und dann war es auch nicht wie sonst, wenn jemand irgendwohin kommt, es war alles ganz still . . . ein Schweigen: Man hätte hören können, wie ein Spatz vorbeifliegt, so ein kleiner leichter Spatz. Fliegen hört man ja, aber Spatzen eigentlich nicht.

Nach der Schule hab ich dann Arbeit gesucht, weil sie mir zu Hause in den Ohren gelegen haben. Ich hab's probiert, aber es war natürlich völlig überflüssig, weil ich ja doch früher oder später wieder den Finger in den Hals gesteckt und gerülpst und gekotzt hab und weil ich auch gar nicht das Gefühl hatte, die «Chefinnen» würden mich akzeptieren, sie haben behauptet, ich hätte ein schlechtes Benehmen. Ich bin dann stinksauer geworden und hab die Tür geknallt, und am nächsten Tag hab ich wieder ohne Arbeit dagestanden.

Ich wollte ja arbeiten, auch jetzt noch, und wenn ich mich

nicht richtig dahinterklemme, ne Arbeit zu finden, dann bloß, weil ich genau weiß, es läuft doch jedesmal dieselbe Geschichte ab.

Als ich Arbeit hatte, ging's mir gut, da war ich zufrieden. Ich fühlte mich sehr wohl, zog mir neue Kleider an, schminkte mich, kämmte mich ordentlich . . . Mein Vater sagte: «Hast Geld nach Hause gebracht, gut! Morgen gehst du dir Hosen und Schuhe kaufen!» Alles war anders, seit ich Arbeit hatte. Zu Hause hatten sie mehr Achtung für mich. Ich hatte sogar einen Freund und hab mich auch wohl gefühlt mit ihm zusammen . . . Küssen und Anfassen. Er hatte pechschwarze Haare, war etwas größer als ich und arbeitete in derselben Konditorei wie meine Schwester. Er hat von nachmittags um vier bis morgens um fünf gearbeitet und hinterher auch noch Überstunden gemacht.

Mit meiner Chefin stand ich mich anfangs gut. Sie hat nicht gleich alles verlangt, sondern mich erst mal nur den Boden fegen lassen. Dann durfte ich auch schon shampoonieren.

Aber dieses Scheißlaster geht nicht weg . . . Verdammter Mist, das geht nie weg. Jedesmal wenn ich esse, krieg ich Lust, mir den Finger in den Hals zu schieben und zu rülpsen und zu kotzen. Es kommt drauf an, was und wieviel ich esse. Wenn ich zum Beispiel einen Cappuccino trinke und dann rauche, dann geht mir der Cappuccino den ganzen Tag lang den Magen rauf und runter.

Neulich hatte ich auch wieder so einen Drang, den Finger runterzuschieben, ganz nach unten, bis er runtergeschluckt ist. Wenn ich mir einen Hals vorstelle, dann hab ich immer das Bild von einer Ladeluke im Kopf, wo die Ware durchgeht. Die Ware ist das Essen, Wasser, die Kehle ist rot . . . der Tresen . . . die Kasse, die Luke unter der Kasse.

. . . Als sie bei der Friseuse und in dem Haushaltwarenladen gearbeitet hat, gab sie mir zwölf- bis dreizehntausend Lire in der Woche.

Als sie Arbeit hatte, ging es ihr gut, sie war ruhiger geworden. Dann haben sie sie entlassen, und es ist wieder schlimmer geworden. Jetzt steckt sie wieder den Finger in den Hals.

. . . Als sie arbeiten ging und jeden Samstag zehn-, zwölftausend Lire nach Hause brachte, war das viel Geld für mich. Also rief ich sie und sagte ihr: «Schau, Maria, du hast Mama heute zehntausend Lire gebracht, da können wir ja morgen ordentlich essen, deine zehntausend Lire sind nämlich sehr wichtig hier in diesem Haushalt.» Ich hatte allerdings ihre zehntausend Lire gar nicht nötig, ich hab das nur gesagt, um ihr eine Befriedigung zu verschaffen.

. . . Sie hatte sich wirklich verändert, sie war sogar dicker geworden. Abends war sie immer müde und ging früh schlafen.

. . . Sie mag nicht gern nichts tun, und arbeiten mag sie auch nicht.

Ich hab nur gemeint, wenn jemand sich eines Abends neben ihr schlafen legen würde, er würd am nächsten Morgen völlig erschöpft aufstehen, weil er nämlich hören würde, wie sie eventuell nachts um zwei aufsteht, da bist du womöglich grad eingeschlafen, dann haust du ihr vielleicht auch mal ne Ohrfeige, nicht weil du sie unbedingt schlagen willst, sondern weil du denkst: Maria, jetzt hör doch mal auf und schlaf endlich, aber statt dessen hörst du sie weiter rülpsen und kotzen und hochziehen wie ein Schwein. Ich bin nervöser als sie, mit ihr ist man nachsichtig, aber mit mir nicht.

Jetzt bin ich achtzehn.

Im Sommer bin ich in ein Sommerlager gefahren und habe Annabella kennengelernt, sie ist vierundzwanzig und hat mir vorher viel Vertrauen bewiesen, indem sie mir sagte, sie hätte mich gern, und schon war ich wieder mal hin und weg!

Ich weiß noch, daß ich sie an einem Nachmittag gegen fünf Uhr kennengelernt hab. Ich bin in das Verwaltungszentrum gegangen, weil ich was sehen wollte. Als ich reingekommen bin, hab ich mich hingesetzt, und sie hat mich nur angeschaut, und ich hab sie auch immer nur angeschaut.

Dann hab ich mir ein Herz gefaßt. Am 3. Juli bin ich zu ihrem Arbeitsplatz gegangen und hab den ganzen Juli über dort mitgemacht, und ganz viele Sachen sind passiert.

Ich hatte mich in sie verliebt, und sie hat das auch mitgekriegt, sehr genau sogar, ich hab nämlich oft ihre Hand genommen und gedrückt. Am 8. Juli hat sie mich mit zu sich nach Hause genommen, und da ist dann was passiert: Ich hab mit ihr rumgefummelt, hab ihr Küßchen auf den Hals gegeben und sie gestreichelt. Ich hab auch viel mit ihr geredet.

Jeden Morgen bin ich mit ihr in die Schule gegangen, und wir haben auf die Kinder aufgepaßt. Ich hab sie oft wiedergesehen, aber jetzt will sie nichts mehr von mir wissen. Sie macht genau dasselbe wie Gina und Bianca.

Ich hab begriffen, daß ich noch immer dasselbe Mädchen bin. Wenn mir jemand die Zügel ein bißchen lockerer läßt, dann nutze ich das aus, und dann wollen die Leute nichts mehr von mir wissen.

Ich kenne mich jetzt besser, und ich weiß auch, warum ich immer wieder dieselben Fehler mache, und auch, warum ich mir immer den Finger in den Hals stecke, das ist eben wirklich mein Leben, und es kotzt mich reichlich an. Ich möchte gern noch mal geboren werden, ich bin zu böse, verdorben, schweinisch, ich hab zuviel durchgemacht, und ich hab auch zu viele Probleme. Ich weiß nicht, warum ich so bin, aber ich fühle mich schmutzig, aber schließlich ist das doch nicht meine Schuld, ich meine, daß ich mich in Frauen verliebe, obwohl – daß ich jetzt nicht mit Jungen gehe, das liegt ja bloß an meiner Angst . . . Ich hab Angst, daß ich schwanger werde.

Was weiß ich . . . ph, ich seh doch, wie ganz viele von meinen Freundinnen in der Scheiße stecken! Gestern auch, da hat ein Mädchen ein Kind gekriegt, einen Jungen. Sie ist fünfzehn, die macht sich nichts draus, das ist doch nicht schön. Ich hab noch ein ganzes Leben vor mir. Jetzt denke ich an so was nicht, aber wenn die Zeit kommt, werd ich's schon machen. Kann ja auch sein, daß was schiefgeht, da bist du gerade am Fummeln und merkst das gar nicht so richtig und machst immer weiter und wartest auf deinen Orgasmus. Schließlich gibt es ja viele Arten zu vögeln: Man kann auch nicht einschieben, sondern zu zweit onanieren. Wie wenn du allein onanierst, wie ein etwas schärferes Petting.

Liebe ist was Schönes, denn ohne Liebemachen würd auch die Welt nicht geschaffen werden können. Kann auch sein, daß du mit deinem Freund immer weitermachst, ohne daß du es merkst. Wenn es dann passiert, dann passiert es eben, ich und er wissen das. Klar, wenn die andern das erfahren, stempeln sie dich als Hure oder als Nutte ab.

Ich mach oft beim Petting Sachen, die man eben macht, mit der Hand und französisch . . . Ich mach das schon, aber hinterher bereu ich's, weil ich denke: ihh, eklig!

Für mich ist Liebe nur, wenn zwei Dinge zusammentreffen, wenn er reinkommt und sie Lust dazu hat, und ich finde das nicht gut, wenn er sich ein Präservativ überschiebt und sie die Pille nimmt. Was für einen Zweck soll das denn haben, wenn man Geschlechtsverkehr hat und dann die Pille nimmt? . . . Dann soll man's lieber ganz lassen!

Warum ich nicht die Pille nehme? Weil ich Kinder haben will, ist doch klar! Manche Mädchen nehmen aber die Pille, damit sie keine Kinder kriegen: Gefällt dir wohl, bloß mit den Jungen rumzuficken?!

Man kann ja vögeln, willst du vögeln? Na dann mach's doch, niemand hindert dich daran, aber komm nicht hinterher und erzähl: «Ich bin schwanger, ich bereu's!» wie die meisten Mädchen . . .

Aber jetzt im Moment will ich noch keine Kinder. Irgendwann später werde ich wohl auch Kinder haben wollen wie andere Frauen auch.

Meine Mutter denkt, ich bin aufbrausend und nervös, ich soll auch irgendwelche Pillen nehmen wie meine Tante. Insgeheim denkt sie, ich bin wie ihre Schwester, ich bin auch krank. Ich bin aber bloß nervös, ich weiß auch nicht, vielleicht weil mich die Leute stören, meine Geschwister, meine Kumpel. Was weiß ich! Denen geht es schlecht wegen der Krachereien . . . Meine Mutter wird immer wütend meinetwegen, aber meine Tante ist ja Epileptikerin, die Arme.

Neulich ist sie hingefallen und hat sich grün und blau geschlagen dabei, danach hatte sie keine Ahnung mehr von Tuten und Blasen und hat geweint. Meine Mutter will, daß ich mich untersuchen lasse, aber ich will da nicht hin, wo meine Tante gewesen ist.

Meine Tante ist achtundvierzig Jahre alt. Ihr Mann hat sie verlassen, und die Kinder besuchen sie auch nicht mehr, deshalb wohnt sie bei uns. Sie hat epileptische Anfälle, fällt hin und erinnert sich an nichts mehr. Sie ist die Zwillingsschwester meiner Mutter, aber sie ist nicht so flink wie sie, sie schmollt immer. Ich hab mal aus Spaß zu ihr gesagt: «Du wirst doch wohl nichts mit meinem Vater haben?!» Sie ist eingeschnappt und hat einen Latschen hinter mir hergeschmissen. Sie hat gesagt: «Mach bloß, daß du arbeiten gehst, ich will dich hier nicht im Hause haben!» Ich tu nämlich nie was zu Hause, höchstens mal abwaschen, aber meine Tante drückt sich auch ganz schön . . . Die gibt immer so an, daß sie wäscht und aufräumt, aber meine Mutter muß immer nochmal drübergehen, es ist nämlich noch alles schmutzig.

Ich sage immer zu meiner Tante: «Du stiftest Unfrieden hier im Haus, erst hast du deine Familie kaputtgemacht, jetzt willst du meine auch noch kaputtmachen!»

Mein Vater, der Arme, darf nicht mal mehr in Unterhosen rumlaufen! Na ja, eigentlich hat er das früher auch nicht gemacht, er will auch immer, daß wir anklopfen, bevor wir in sein Zimmer kommen, sonst kriegen wir alle Dresche!

Wenn sie sonntags ausgehen, müssen sie immer meine Tante mitnehmen. Früher hatte ich mal Mitleid mit ihr, weil ihre Kinder gesagt haben, daß sie verrückt ist, und ihre Mutter verleugnet haben, aber heute geht sie mir auf die Nerven, weil sie sich schlecht benimmt. Sie sagt immer: «Wenn du meine Tochter wärst!» Da hab ich ihr geantwortet: «Na und, was würdest du dann mit mir machen? Sagen doch deine eigenen Kinder, daß du verrückt bist und obendrein ne Nutte!»

Sie hat angefangen zu weinen. Geschieht ihr recht. Sie geht mir auf die Nerven, meine Nerven machen mir zu schaffen, weil sie mich immer beleidigt. Im übrigen mag ich eigentlich nichts an ihr. Vor allem ihr Mund ekelt mich . . . Er ist zu dick und zu breit, er steht immer offen, und dann dieses Gebiß. Sie nimmt es raus, und das ist eklig, einmal hat sie es einfach mitten in die Nudeln gelegt. Manchmal macht sie mir angst. Ich hab Angst, ich bin so wie sie, meine größere Schwester sagt mir so was immer . . . Ich bin ja auch Zwilling. Mario ist in Ordnung, aber ich bin so! Ein Zwilling gelingt, der andere nicht . . . Naturgesetz!

Bei uns in der Familie ist das so, das passiert immer bei Zwillingen!

Ich war nie einig mit meinem Mann. Ich hab drei Kinder und hab immer kuschen müssen wegen der Kinder. Nach fünfundzwanzig Jahren Ehe und immer kuschen, heute kuschen, morgen kuschen . . . Am Ende bin ich an die Decke gegangen!

Er hatte eine andere Frau, und mich hat er schlecht behandelt. Das heißt, das war ja nicht nur eine, das waren vier oder fünf: Eine wohnte in Tor Sapienza, eine in Tuscolano, und ich hatte nie was davon gemerkt! Nur bei der Schwiegermutter von meinem Sohn, da hab ich's gemerkt: Mein Mann lag mit Lungenentzündung im Krankenhaus, und ich hab mitgekriegt, wie er zu der Schwiegermutter von meinem Sohn immer ganz liebevoll war, wenn die kam, mich dagegen hat er immer links liegengelassen. Was hatte ich denn da noch zu suchen, diese Kupplerin! Wir waren uns ja nie einig, solange wir uns kannten, fünfundzwanzig Jahre Martyrium! Wenn ich das vorher gewußt hätte! Ich war ja schwanger geworden. Meine Mutter hatte mir zwar gesagt: «Behalt du man lieber deine Eingeweide und laß den Ochsen laufen!» Aber ich wollte ihn. Ich hab mir immer gedacht: Der ändert sich noch, der ändert sich noch. Drei Kinder hab ich gekriegt, aber geändert hat der sich nie.

Aber auf meinen Mann bin ich ja gar nicht so wütend, sondern auf meine Kinder. Das geht doch nicht an, daß die genau wissen, wie der mich behandelt, und trotzdem gegen mich sind! Ich bin immer zu Hause geblieben, bin nie ins Kino gegangen, die haben mich ja auch nirgendwo mit hingenommen!

Ich hab aufgehört, arbeiten zu gehen, als ich geheiratet habe, der hat mich ja nicht mehr hingehen lassen. Ich hab mich mit Leib und Seele dem Zuhause, den Kindern, meinem Mann gewidmet, und das ist jetzt der Dank für soviel unnütze Aufopferung!

Er zahlt mir nur dreißigtausend Lire Unterhalt im Monat, sonst nichts! Von meinen Kindern weiß ich nichts. Seit drei Jahren hab ich sie jetzt nicht mehr gesehen. Zwei sind verheiratet: Den Jungen hab ich nicht mehr gesehen, seit er zu Hause ausgezogen ist. Er ist 1952 geboren und ist jetzt 27. Inzwischen lebe ich seit zwei Jahren getrennt, dabei hab ich mich nur wegen der Kinder erst so spät dazu durchgerungen, wenn es nach mir gegangen wäre, wäre ich spätestens drei Monate nach der Hochzeit von zu Hause weggegangen! Dann wär ich ganztags putzen gegangen! Aber ich hab's nicht geschafft, ich wollte ja auch nicht ins Gerede kommen. Ich bin nervös, weil ich über so viele Dinge nachdenke, ich denke an meine Kinder. Jetzt wohne ich bei meiner Schwester im Haus mit, wenn ich diese Schwester nicht gehabt hätte, ich hätte ja auf der Straße gesessen! Die sind mich doch nie besuchen gekommen, die haben mir nie auch nur hundert Lire gegeben: «Da nimm! Kauf dir ein Eis!» Nichts.

Meine Schwäger, die Geschwister von meinem Mann, die setzen sich in die Bar mit meinem Schwiegervater und meiner Schwiegermutter, aber ansprechen tun die mich nie, die sehen, wie ich da an dem Mäuerchen lehne, ich gehe ja oft runter, weil ich keine Luft mehr kriege.

Sie wohnen alle hier, im selben Viertel, in San Basilio. Ich gehe jetzt arbeiten, aber meine Schwiegermutter weiß das gar nicht, das weiß keiner, nur die Leute hier.

Ich putze einen Laden und bekomme hunderttausend Lire im Monat. Da kann ich doch wenigstens ein bißchen machen! Ich kann auch meiner Schwester unter die Arme greifen, denn mit dreißigtausend Lire kommt meine Schwester ja auch nicht weit! Das Leben ist ja so teuer heutzutage!

. . . Mario hätte nämlich als Mädchen geboren werden sollen. Er kann alles im Haushalt, und dann ist er auch noch so hübsch, abgesehen von seinem Fuß, aber das merkt man sowieso nicht, daß er hinkt. Als kleiner Junge hat er sogar stikken gelernt, er konnte Kleidchen für die Puppen nähen, er spielte damit.

Mein Vater hat ihn auf eine Schule für Dentisten geschickt, aber er will lieber Schneider werden. Er kann ganz toll nähen, er hält seine Kleider in Schuß, ändert sie und steckt sie auch selber bei sich ab. Er ist freundlich und sanft, ganz das Gegenteil von meiner großen Schwester, die haßt mich nämlich. Heute nacht um drei hat sie mich ziemlich doll mit nem Latschen verprügelt, weil ich im Bett Rotz hochgezogen hab und ein bißchen gekotzt hab. Von dem Geschrei ist mein Vater aufgewacht, ich hatte sie nämlich bei den Haaren gepackt, und wir haben uns auf dem Boden gewälzt. Er hat uns getrennt, er war spät nach Hause gekommen und hatte ein bißchen getrunken . . . Der arbeitet sich auch tot, und sein einziges Laster besteht darin, daß er sich abends einen ansäuft. Wenn er dann nach Hause kommt, brüllt er ein bißchen rum, aber dann bringt er auch wieder für alle mal ein Eis mit. Er hat uns getrennt und zu mir gesagt: «Du mußt dir Arbeit suchen, sonst kriegst du den nächsten Latschen von mir ab!»

«Was kann ich denn dafür, wenn die mich entlassen!» hab ich geantwortet. Da hat meine Schwester angefangen zu brüllen: «Das ist deine eigene Schuld, wenn die dich entlassen, du immer mit deinem Finger im Mund! Du bist ekelhaft! So nimmt dich keiner, und mir läßt du auch keinen

Schlaf, und ich muß schließlich morgen früh um sieben aufstehen!»

Heute morgen hat mir meine Mutter auch noch die Hölle heiß gemacht, weil ich tausend Lire von ihr wollte: «Laß sie dir doch von Rita geben», hat sie gesagt.

... Die anderen Kinder sind alle weitergegangen, bis zur dritten Klasse Mittelschule. Mario und Maria bringen mich zur Verzweiflung, die benehmen sich so auch nur, weil sie ihr Geld nie im Schweiße ihres Angesichts verdienen mußten, das ist es nämlich. Die machen, was ihnen paßt, wenn die nämlich morgens so früh aufstehen müßten wie ich, dann wüßten die auch, wie man immer dahinterher sein muß, und wenn die arbeiten gehen müßten, dann hätten sie ganz schnell wieder Lust, zur Schule zu gehen! Aber die haben nie gearbeitet, die wissen gar nicht, was das heißt, vor allem nicht, wie das ist, unter einem Chef zu arbeiten wie ich!

... Aber warum darf Maria denn die Welt so nehmen, wie sie kommt? Weil ihr beide es ihr erlaubt habt, hättet ihr bloß gleich nach der Schule zu ihr gesagt: «Wenn du nicht arbeiten gehst, dann gibt's Krach!» Aber richtig ernst, nicht so, wie ihr es bei ihr immer gemacht habt, sondern so wie bei mir!

Du bist älter und weißt, wieviel wir geschuftet haben, um euch großzuziehen, und daß das alles so schwer auf mir lastet, lag daran, daß es uns nicht gut ging. Inzwischen hat dein Vater eine feste Stelle als Lagerverwalter bei der Städtischen Müllabfuhr von Rom. Das Gehalt ist nicht gerade viel, aber bei uns zu Hause fehlt es jedenfalls nie an Essen.

... und ich hatte wirklich Lust, was zu lernen, aber es gab keine Möglichkeit dazu. Heute weiß ich, daß man auch Abendkurse auf Bildungsurlaub nehmen kann, aber diese Arbeit jetzt hält mich zu sehr auf Trab, und jetzt mache ich auch noch Überstunden, weil ich ja heiraten will. Fast drei

Jahre bin ich da. Drei Jahre, im Oktober, mach ich diese Arbeit, und gern mach ich sie nicht, das heißt, das Geld mag ich schon gern, aber wie es mir da geht, das mag ich nicht. Früher hab ich acht Stunden gearbeitet, jetzt arbeite ich sechs Stunden und vierzig Minuten. Früher hab ich auch sonntags gearbeitet, und das wurde nicht doppelt bezahlt. Ich hab an allen Feiertagen gearbeitet: alle vierzehn Tage sonntags, was sie mir am Anfang auch erlassen haben.

Mein Betriebsrat sagt zweihundertneunzig-, dreihunderttausend Lire, aber ich krieg nur zweihundertfünfzehn. Ich bin erst seit Februar 1977 Mitglied, das sieht jetzt so aus, als ob ich zwei Jahre nicht gearbeitet habe.

Dann hab ich von den anderen Mädchen gehört, daß die Gewerkschaftstarife für Konditoren alle dieselben sind. Ich hab von Leuten gehört, die kriegten zweihundertsiebzig, zweihundertneunzig, und ich hunderttausend Lire im Monat, und ich hab mich gefragt, wieso. Dann hab ich mir gesagt, okay, der wird mich schon demnächst richtig einstufen, aber statt dessen hat der mich anderthalb Jahre so arbeiten lassen!

Jetzt bin ich schon zu alt, als daß ich noch bei meinem Vater mit krankenversichert sein könnte. Ich wollte schon mal Krankengeld haben, aber sie haben es mir nicht gegeben. Dann bin ich in die via Buonarroti gegangen und hab mich informiert, wieviel ich kriegen müßte, mit wieviel ich beim dreizehnten Monatsgehalt rechnen könnte, das hab ich nämlich nie gekriegt.

. . . Jetzt gibt Vera alles ab zu Hause, weil der Vater zu ihr gesagt hat: «Jetzt hat mein Sohn geheiratet, da mußt du uns ein Jahr lang unterstützen.» Wenn ich mal Bettwäsche für sie nähen kann, dann mach ich das. Was sie hat, hat sie. Aber hier gibt es ja noch mehr Mädchen, ein bißchen für jeden, ich mach die Sachen und leg sie weg. Ich sage nicht, dies ist für Maria und das für Vera.

Hier werden die Mädchen alle gleich behandelt: Was die eine kriegt, kriegt die andere auch. Wenn es Sonderangebote gibt, kaufen wir immer Bettwäsche, Tischtücher, Handtücher.

Neulich hatte ich auch so ein Sonderangebot. Aber ich hör immer erst mal, was mein Mann sagt, ohne ihn mach ich nichts, denn es kann gutgehen, es kann aber auch schiefgehen. Ich hab es ihm erzählt, und er hat gesagt: «Nimm sofort das Geld und besorg die Sachen.» Und dann kriegt sie es oder sie, das spielt keine Rolle.

Dienstag abend hab ich einen sexuellen Traum gehabt. Ich war mit einer Frau zusammen, die ich kannte, vielleicht war es die Pigabianca, und ich wollte gerade mit ihr vögeln. Ich hab sie immer auf den Hals und auf den Mund geküßt und ihre Brüste angefaßt . . . Es war traumhaft!

Irgendwann stand ich dann an der kleinen Schulmauer und war nicht mehr in dem Zimmer mit dem Bett wie am Anfang des Traums. Wir waren nach draußen umgezogen, und sie ließ sich gern anfassen und küssen. Dann zog ich mir den Reißverschluß auf, als ob ich einen Schwanz hätte. Während wir so dastanden und ich ganz geil aufs Vögeln wurde, kam es mir vor, als käme ihr Mann, er kam auf einem Mofa um die Ecke bei der Schule, neben dem Mäuerchen, und starrte uns an. Also hab ich zu Bianca gesagt, daß ihr Mann da ist, aber sie hat sich gar nicht umgedreht, so als ob sie Angst hat, ihn zu sehen. Dann bin ich aufgewacht . . . Die Pigabianca, diese verdammte Kuh, in der Schule hab ich sie nicht mal anfassen oder ansehen dürfen. Vorher hab ich ihr sogar Küßchen gegeben, hab ihr die Hände gedrückt, da ist mir auch manchmal so rausgerutscht, daß ich ihr die Haare gestreichelt habe. Dann hat sie angefangen, sich abzusetzen, sie hat wohl gedacht, ich bin auf sie angewiesen, aber da hat sie sich geirrt. Ich war freundlich zu ihr, habe ihr jeden Gefallen getan und ihr Komplimente gemacht: zum Beispiel, wie gut du aussiehst, wie schön du heute bist, wie gut dir diese Farbe steht! Und dann hab ich ihr Blumen mitgebracht und Bonbons und Platten. Ich hab sie zur Straßenbahn begleitet, sogar bei Regen, und ich hatte extra einen Schirm von zu Hause mitgenommen. Ich hab ihr sogar Medikamente gegen Schnupfen mitgebracht, die mein Vater auf Krankenschein gekriegt hatte. Jetzt ist Schluß! Kann schon passieren, daß ich die noch mal erschlage, verprügle, erdroßle.

Meine Nerven sind schuld, dabei war die Liebe ja da, die Eifersucht auch. Ich war eifersüchtig. Wenn ich sie mit ihrem Mann sah, hätt ich mir den Arsch aufreißen können, und deshalb hab ich sie immer lächerlich gemacht, deshalb hab ich sie auf der Straße oder vor der Klasse beschimpft, aber wenn sie mich geliebt hätte, hätte sie das doch verstehen müssen!

Mein Vater hat so einen Ausschlag unten. Er läuft im Schlafanzug in seinem Zimmer rum und will immer, daß wir anklopfen, damit er seinen Pimmel so lange draußen hängen lassen kann. Neulich abends bin ich, gar nicht aus böser Absicht, ins Zimmer von meinem Vater und meiner Mutter gekommen, um das Radio zu holen. Sie lagen alle beide im Bett, käsebleich und verschwitzt. Wenn man schwitzt, wird man doch rot! Aber die beiden waren ganz weiß. Ich hatte Angst und hab sie wecken müssen.

Ich hab Angst, daß meine Mutter stirbt, und daß ich dann Trauer tragen muß. Wenn ich sterbe, dann würde allerdings wohl keiner Trauer tragen. Meine Mutter macht sich Sorgen wegen dem Ausschlag von meinem Vater, wegen mir macht sie sich dagegen keine. Wenn ich nicht da wäre, das wäre egal, oder vielleicht sogar besser.

Freitag, als ich um acht Uhr nach Hause kam, hat mir mein Vater eine geklebt . . . Aber verdammt noch mal, was hab ich denn Schlechtes gemacht?

Früher hab ich mir den Finger nicht in den Hals gesteckt, sondern zwischen die Beine, später dann ins Auge, und dann hab ich fest zugedrückt, mit fünf oder sechs Jahren. Dann in den Mund. Dann hab ich dieses Laster gekriegt, ständig meinen Baumwollschlüpfer hoch und runter zu ziehen und an meinem Hemdchen rumzuzerren. Wer weiß, wieviel Kinder das noch gemacht haben? Deswegen braucht man sich doch nicht zu schämen, das macht man doch in aller Unschuld! Aber man muß das mal erzählen, weil viele gar nicht informiert sind und denken, sie sind krank oder anders als alle anderen.

Marco ist eine Nervensäge. Er hat mich schon oft verdroschen wegen des Fingers im Mund. Er sagt, er muß sich für mich schämen, weil ich rülpse und mir den Finger in den Hals stecke. Wir haben uns getreten und gehauen. Zur Zeit prügeln alle auf mir rum, und ich hab wirklich Lust, irgend jemand ganz furchtbar zusammenzuschlagen.

Mein Vater hat mich dieser Tage ganz doll verhauen, weil ich ins Kino gegangen und erst um halb zehn nach Hause gekommen bin: Prügel, Haareziehen. Ich hab gesagt, ich mach's nie wieder, aber er war fuchsteufelswild. Schuld hat dieser Scheißkerl Marco. Ich hatte ihm gesagt: «Geh bei uns vorbei und sag Bescheid, daß ich erst später nach Hause komme, so um neun.» Er hat sich undeutlich ausgedrückt, konnte nicht richtig den Botschafter machen, und mein Vater hat mich dafür verhauen. Trotzdem ist Marco der einzige Freund, mit dem ich mich gut verstehe. Ich hab ihn durch die Familie kennengelernt, unsere Familien sind befreundet. Und dann dadurch, daß wir zusammen in den Nachmittagsunterricht in der Kirche bei Don Attilio gegangen sind.

Früher war Marco kindlicher, er war anders. Vielleicht war er noch nicht so, ich weiß nicht, ob er damals schon so war wie jetzt, er war ein normaler Junge. Ich glaube, Marco ist unglücklich und wird auch immer unglücklich bleiben. Wenn er gewollt hätte, hätte er sich ändern können. Ich glaube, er kann nie eine Familie gründen wie andere Männer. Er wird immer schwul bleiben. Wenn er so bleibt, wird er mal ganz unbehaust wohnen und von allen geschnitten werden, man weiß ja zur Genüge, wie es jetzt ist. Wenn er sich allerdings ändert, wird er heiraten, eine Familie haben, er wird es sehr gut treffen, glaub ich . . .

Für mich ist Familie ganz wichtig. Bis jetzt hab ich noch nie über meine Zukunft nachgedacht. Ich will heiraten, ich will Kinder haben, ich will einen Mann haben, der mich liebt, der mich schätzt und den ich liebe und schätze. Wir müßten uns gut verstehen. Aber wenn ich mir vorstelle, ich heirate und hab dann so einen Schuft als Ehemann, der mich verprügelt, betrügt, der sich von mir trennt, nein. So was kommt ja oft vor, solche Familien gibt es jetzt so viele!

Nach der Hochzeit will ich Kinder, aber nicht sofort. Ich will mit 22, 23 Jahren heiraten und erst mal ein, zwei Jahre keine Kinder haben, sondern mein Vergnügen und mich gut verstehen. Dann Kinder. Solange ich keine Kinder habe, möchte ich, wenn ich einen guten Job hätte, weiterarbeiten. Zum Beispiel in einem Büro oder bei *Standa*: Jetzt heiraten doch so viele Frauen, kriegen Kinder und gehen trotzdem arbeiten.

Ich möchte auch gern nach der Hochzeit noch gute Beziehungen zu Marco weiter haben, denn Marco seh ich nicht als Freund an, ich seh ihn mehr als Bruder an und er mich auch. Wenn ihm irgendwas passiert, treffen wir uns, und er erzählt es mir, und wir reden darüber, wir helfen uns gegenseitig.

Wenn meine Schwester so weitermacht, heiratet die doch nie jemand, solange die nicht aufhört mit diesem Laster, zu rülpsen und zu kotzen. Was will die dem denn wohl erzählen? Das, was ich mal auf einer Seite in ihrem Tagebuch gelesen hab? Ich wollte es ja gar nicht suchen. Aber weil sie sich mir ja nie anvertraut, obwohl ich möchte, daß sie sich mir anvertraut, weil ich die größere bin und weil wir doch beide Mädchen sind, und was sie gern mag, das mag ich auch gern. Also wollte ich ein bißchen ihre Geheimnisse lesen und ging dies Tagebuch suchen, und dann hab ich's in der Familie rumgegeben, um sie bloßzustellen. Wenn zu mir jemand käme und mir sagen würde: «Hör mal, ich hab deine Schwester gesehen, und die hat das und das gemacht», dann glaub ich das nicht. Aber hier hab ich's ja schwarz auf weiß gesehen, von ihr selbst geschrieben. Sie hat zwar geschrieben: «Ich weiß nicht, wie mir das passiert ist», aber das sind doch Sachen, die dürfen einfach nicht passieren. Ich bin schon seit ihrer Geburt mit ihr zusammen und kenn sie trotzdem nicht. Sie vertraut sich mir nicht an, weil sie genau weiß, ich finde das falsch, was sie macht. Sie kann mir nicht erzählen, daß sie mit Jungen zusammen war, weil ich dann wütend werde und ihr sage, sie darf das nicht. Dann erzählt sie es mir auch deswegen nicht, weil sie weiß, ich sag es Mama, ich sag ihr: «Mama, paß mal auf, mit Maria ist das und das los, wir müssen dafür sorgen, daß sie weniger aus dem Haus geht, wir müssen sie mehr hier im Haus halten.» Ich hab das Tagebuch genommen und es ihr auch gesagt. Ich hab sie in die Kammer gerufen, sie hat sofort, wie sie mich mit dem Tagebuch in der Hand gesehen hat, geschrien: «Ich hau von zu Hause ab, ich geh weg!» Sie hat sich auch noch auf mich gestürzt und mir zwei Kopfnüsse verpaßt. Sie hat gesagt: «Das ist dafür, daß du in meinen Sachen schnüffelst, kümmer dich um deine eigenen Angelegenheiten!» Ich wollte mit ihr reden, ich wollte was wissen. Sie wollte nicht mit mir reden und diskutieren.

. . . aber gesetzt den Fall, dir wär was passiert, wir hätten ja gar nichts davon gewußt.

. . . und daran denkst du wohl überhaupt nicht? Jetzt stell dir mal vor, einer von diesen Bengeln, die da rumlaufen, der hätte dich mitgenommen und weggeschafft. Wir tappen ja völlig im dunkeln. Warum vertraust du dich nie an? Warum vertraust du dich nicht mal deiner Mutter an?

. . . sie hat soviel Grips wie eine Vierjährige.

. . . ich weiß nicht mal, was sie geschrieben hat.

Na hör mal, was da auf diesen Seiten stand, findest du das etwa schön?

. . . solange wir davon nur hören und reden, so lange geht das noch an, aber so was machen.

Das sind keine Einbildungen, auch wenn sie, um sich aus der Affäre zu ziehen, uns erzählt hat, das wäre ein Traum gewesen, aber die Sachen, die sie da beschrieben hat, die hat sie ja wirklich gemacht!

Was machen wir denn jetzt mit dieser Geschichte?

Auf der Seite stand: «Ich heiße Maria, so und so.» Und schließlich, wenn es nicht gestimmt hätte, hätte sie doch das Tagebuch genommen und gesagt: «Schau, Vera, das sind Einbildungen, das stimmt gar nicht!», aber nach alldem, was sie danach gemacht hat, daß sie weggehen wollte, hat sie doch wohl Angst gehabt, offensichtlich stimmte es also doch.

Was da stand . . . was machen wir denn jetzt damit?

. . . wer hat dir das beigebracht? Irgend jemand muß dir das doch beigebracht haben!

Niemand.

Nee, nee! Entweder hast du damit tatsächlich Erfahrungen, oder sonst könntest du solche Sachen nicht so schreiben, wie du sie geschrieben hast!

Marias Kindheit und Jugend

Als ich klein war, hatte ich Geschlechtsverkehr mit Lina, im Bad. Lina lag unten und ich oben.

Vielleicht hab ich seitdem kapiert, daß es schön ist, mit Leuten zu vögeln! Meine Mutter hat davon nie was gewußt.

Eines Tages war ich im Park mit zwei Jungen, und Lina war auch dabei, und ich hab gevögelt. Lina erinnert mich immer wieder daran, und ich hab Angst, daß sie es meiner Mutter erzählt.

Als ich sieben war, kam ich unter ein Auto. Sie haben mich ins San-Camillo-Krankenhaus gebracht, mir einen Gips um den Brustkorb gelegt und einen Nagel durch den Arm gebohrt. Ich war voller Einstiche. Ich lag achtzig Tage im Krankenhaus, und meine Eltern blieben über Nacht bei mir, weil ich mich ja nicht aus dem Bett bewegen konnte, meine Arme waren doch mit Eisen festgemacht.

In dieser Zeit hab ich mich gut gefühlt, weil ich mit allen Kranken und den Schwestern Freundschaft geschlossen hatte. Als sie mir den Gips abnahmen, war ich bei Bewußtsein, und es tat mir sehr weh, weil sie mir auch den Nagel wieder aus dem Arm ziehen mußten.

Auf der Volksschule war ich fünf Jahre lang im «Sonderschulzweig». Ich hab nie rausgekriegt warum, vielleicht wußten die nicht, wo sie sonst mit mir hin sollten. Ich hab mich wohl gefühlt unter meinen Schulkameraden dort, die waren nämlich überhaupt nicht bekloppt, die waren alle ganz normal, und wenn unsere Mütter wollten, daß wir Schularbeiten machen, dann haben wir sie gemeinsam gemacht.

Wenn Leute die Schüler aus den anderen Klassen gefragt haben, warum wir eigentlich im Sonderschulzweig sind, dann haben die immer gesagt, wir wären eben bekloppt, aber die Leute haben das nicht geglaubt, es stimmte ja auch nicht.

Wir hatten oft Wettkämpfe mit denen, und wir haben immer gewonnen, und dann hat nämlich keiner mehr gesagt, daß wir bekloppt sind!

Ich war zehn, da hatte mein Vater einen Verkehrsunfall, als er mit meiner Mutter und meiner Tante vom Friedhof zurückkam.

Er hatte einen Schnitt auf der Wange abgekriegt, und ich erinnere mich noch, daß er auf dem Bett lag und eine Penicillin-Spritze bekommen hatte und fast gestorben wäre, weil er gegen die Spritze allergisch war.

Meine Mutter hatte nur eine Beule am Kopf und meine Tante gar nichts. Dann weiß ich, daß mein Vater noch einen Unfall hatte, und zwar mit dem Müllwagen. Er war gegen einen FIAT 500 gefahren, weil die Ampel nicht ging: Das Auto hat sich überschlagen, aber dem Mann ist nichts passiert.

Mein Vater ist den dann suchen gegangen, und der Mann hat meinen Vater auch gesucht. Um ein Haar wär mein Vater im Knast gelandet. Ich erinnere mich noch, daß er schon fast durchgedreht war, aber am Ende haben sie sich doch geeinigt, und danach ist nichts mehr passiert.

Marias Tagebuch

Rom, 23. Februar 1977

Letzten Dienstag, am letzten Karnevalstag, bin ich tanzen gegangen. Ich bin um halb neun weggegangen, ich hab auf Freunde von meiner Schwester gewartet. Ich bin dann in Marios Auto gestiegen: Francesco war auch dabei.

Ich, Mario und Liliana haben über Gott und die Welt geredet. Dann waren wir da und haben erst was gegessen und hinterher alle ein bißchen getanzt. Ich hab mit Francesco getanzt, er hat mich an sich gedrückt. Gegen halb zwei sind ein paar von den Kumpels weggegangen, aber wir sind noch bis zwei geblieben.

Ich bin wieder mit Francesco ins Auto gestiegen, und wir sind erst zur via Nazionale und dann zum EUR gefahren; Francesco hat immer versucht mich zu küssen, und ich hab mitgemacht, es hat mir gefallen. Danach sind wir in Richtung Ostia gefahren und haben noch am Strand Petting gemacht. Ich bin ungefähr um sechs nach Hause gekommen und ins Bett gegangen. Ungefähr um acht bin ich zur Arbeit gegangen, und abends ist er mich von der Arbeit abholen gekommen. Samstag hab ich ihn wiedergesehen, und da hab ich ihn gefragt, ob er mit mir gehen will. Er hat ja gesagt. Ich fühle mich wohl mit ihm: Er holt mich jeden Abend ab, ich bleibe ein bißchen mit ihm zusammen, dann bringe ich ihn zur Haltestelle, und wir kommen an der Kirche vorbei, wo Gina mich einmal abends beobachtet hat.

Rom, 7. März 1977

Heute bin ich in einer ganz anderen Lage als früher. Früher, als ich noch zur Schule ging, war ich immer mit den Kumpeln zusammen, meistens war ich mit Marco unterwegs, zur Stazione Termini, oder wir waren in der Kirche, in den Nachhilferäumen. Ich hab nie Schularbeiten gemacht und war schlecht in der Schule, ich hab nur Blödsinn gemacht. Ich war immer draußen mit meinen Freundinnen aus der Klasse, und die Lehrer haben damit gedroht, sie würden mich sitzenbleiben lassen, aber das hat mich überhaupt nicht gekratzt. Erst als wir die Pigabianca als Lehrerin gekriegt haben, hat's mir Spaß gemacht. Von meinen Eltern hab ich nichts als Prügel gekriegt wegen dem Finger im Mund.

Jetzt ist das alles anders, weil es mir auch anders vorkommt, seit ich arbeiten gehe und ganz gut verdiene. Vielleicht kann ich das ja auch gar nicht glauben, daß ich einen Freund hab wie andere Mädchen auch und ihn sogar langsam gern habe. Das Leben hat sich für mich jetzt sehr verändert. Früher hab ich mich selbst angekotzt und gedacht, dabei wär mein Leben stehengeblieben. Das mit dem Finger im Mund ist viel weniger geworden, und ich bin froh darüber und hoffe, daß es so bleibt.

Früher war ich ein kleines Mädchen, ich hab meine Zeit mit Gina vertrödelt, und wenn die mich schlecht behandelt hat, dann hab ich's mir sehr zu Herzen genommen. Jetzt kümmere ich mich um niemand mehr, nur noch um Francesco.

Rom, 22. März 1977

Letzten Samstag hab ich da gekündigt, wo ich gearbeitet hab, weil – ich weiß auch nicht, vielleicht weil ich mit angesehen hatte, wie ein Mädchen mit der Chefin Paola geredet hat, und da hab ich auch gesehen, wie die irgendwie so geredet hat, als ob sie mir zeigen wollte, daß sie mich weghaben will.

Mir war die Lust an der Arbeit vergangen. Um vier Uhr an dem Samstag hab ich die Signora Paola gerufen und gefragt, ob sie mich auch weghaben wollte. Sie hat ja gesagt. Dann hat sie mich ausgezahlt, und ich bin gegangen.

Als ich an einem Friseurladen vorbeigekommen bin, hab ich gesehen, daß die Friseuse ein Mädchen suchte, und ich bin reingegangen, und sie hat gefragt, was ich denn kann und ob ich eine Probezeit machen will, und ich hab angenommen. Dienstag hab ich angefangen.

Ich hab zuerst geputzt und dann ein bißchen mit ihr geredet, sie wollte nämlich wissen, wieso ich bei der anderen Friseuse gekündigt hatte. Dann ist Fabio gekommen, so ein Fünfzehnjähriger, der hatte einen Arm in Gips, weil er vom Mofa gefallen war. Als sie ihn sah, hat sie ihn so begrüßt: «Uhm, Fabio, wie geht's dir?»

Sie hat ihn umarmt und geküßt und ihm zwischen die Beine gefaßt, und dann hat sie zu ihm gesagt: «Du hast mir ganz schöne Scherereien gemacht, du!» Der Junge hatte was mit ihr. Wenn der Schimpfwörter benutzt hat, hat sie ihm richtig den Arsch versohlt wie einem kleinen Kind. Immer wenn ich was gesagt hab, hat der angefangen zu lachen, und ich hab gesagt: «Signora, was lacht denn der?»

Gegen Abend hat mir die Signora erzählt, daß Donnerstag um fünf ihr Chef kommt. Den hat sie seit frühester Jugend, und der heißt Pietro. Sie ist vierzig, trotzdem hat sie sich von Fabio ihren Büstenhalter aufmachen lassen, und der ist fünfzehn. Das hat mir eine Frau erzählt, die sich hier die Haare machen läßt: «Geh hier weg, das ist keine Stelle für dich, hier kommen immer die Nutten her!»

Heute um fünf kam Signor Pietro, und den mochte ich überhaupt nicht: Er sah aus wie so n schmieriger Lustmolch. Signora Lella hatte mich erst mal so eingestellt, weil sie sehen wollte, ob ich diesem Chef recht war, und der hat mir in der Bar eine Cola spendiert. Er hat mir zugeguckt, als ich shampooniert hab, und dann hat er gefragt, ob ich für ihn arbeiten wollte, und ist weggegangen.

Freitag morgen hat Signora Lella mich angemeckert, weil ich zum Schuster gegangen bin und den nach einer Zigarette gefragt hab. Sie hat gesagt, ich hab ein schlechtes Benehmen. Da bin ich weggegangen, und sie hat mir nicht mal was zahlen wollen. Dann bin ich noch mal im Geschäft vorbeigegangen, und sie hat mir dreitausend Lire gegeben, und dann hab ich versucht, eine andere Arbeit zu finden. Ich bin bei

Nino vorbeigegangen und hab ihn gefragt, ob er ein Mädchen braucht. Er hat nein gesagt. Dann bin ich bei Signor Pietro vorbeigegangen, dem alten Chef von Lella, und hab dem erklärt, warum ich bei Lella weg bin. Er hat mich gefragt, was ich alles kann, und ich hab geantwortet, von allem ein bißchen. Dann hat er mich gefragt – ich weiß gar nicht, wie er darauf kommt –, ob ich ab und zu mit ihm zusammen Sachen für den Laden einkaufen gehe. Dann hat er noch gesagt, wenn er mit einem Mädchen schlafen will, dann würd er's schon sagen, und im übrigen müßten das ja auch alle beide wollen. Da ist mir klargeworden, daß das so ein Mann ist, der mich ankotzt, und ich hab nein gesagt, weil mir das alles nicht geheuer war. Wir haben uns die Hand gegeben, und ich bin nach Hause gegangen und hab alles meinem Vater und meiner Mutter erzählt.

Rom, 4. April 1977

Gestern nachmittag um drei war ich auf dem Fest von einem Freund von mir. Am Anfang war ich traurig wegen der Kündigung und überhaupt wegen all dieser komischen Sachen. Aber es war ja sein Geburtstag, und wir haben getanzt bis sechs Uhr. Dann haben wir das Flaschenspiel gemacht, aber es ist nichts passiert: Wir haben uns nur geküßt und ein bißchen gefummelt. Dann hab ich mit einem Jungen rumgemacht, und irgendwann hat der seinen Schwanz rausgeholt, und ich sollte meine Hand drauflegen. Ich sollte ihn auch in den Mund nehmen, aber ich hab dem gesagt, das ist mir eklig, und er hat darauf gesagt: «Los, Maria, blas mir mal wieder einen, bitte!»

Also hab ich ihm einen geblasen, aber hinterher hab ich's bereut, weil ich an Francesco denken mußte und wie der reagiert, wenn er so was mal mitkriegt. Ich hab gemerkt, wie mir wieder so eine Manie hochkam, den Finger in den Mund zu stecken. Ich hab auch gekotzt.

Ich kam um halb neun nach Hause, und meine Schwester wollte mich nicht reinlassen, weil es schon spät war.

Rom, 6. April 1977

Heute ist ein Wahnsinnsding passiert!

Heute morgen bin ich ein Heft kaufen gegangen, weil ich das Tagebuch noch mal abschreiben wollte. Ich hatte mein Tagebuch auf dem Tisch liegenlassen und gesagt, daß das keiner lesen darf. Und meine Schwester geht natürlich hin und liest es und liest ausgerechnet die Seite, wo ich meine sexuelle Beziehung mit dem Typ da auf dem Fest am Samstag beschrieben hatte.

Ich hab sie vermöbelt und ihr gesagt, sie soll sich gefälligst an die eigene Fotze fassen. Sie hat es meiner Mutter gegeben, und meine Mutter hat gesagt, sie würde es meinem Vater weitergeben. Dann hat Vera angefangen, mich zu beleidigen, und gesagt: «Du Nutte, du Schwanzlutscherin!» und mir ins Gesicht gespuckt. Die erzählt dauernd wieder, was sie da gelesen hat, und jetzt hab ich die Schnauze wirklich gestrichen voll. Neulich hab ich mit meinem Vater geredet und ihm erklärt, daß ich weg will von zu Hause und daß ich unglücklich bin und daß ich ein Miststück bin. Er hat geantwortet, daß er so was von mir nie gedacht hat. Am Ende, ich weiß auch nicht wieso, hat er noch dazugesagt, er gibt mir jetzt noch ein Jahr, damit ich mich ändere: «Entweder du wirst Lehrerin und nimmst Vernunft an, oder ich bring dich um!» Ich hab noch lange mit ihm geredet.

Und jetzt sitz ich hier und kann nicht schlafen, und meine Schwester schläft in der Küche, weil sie erklärt hat, mit Nutten zusammen schläft sie nicht. Ich glaube, meine Schwester hatte so was nicht von mir erwartet. Ich glaube, die hat auch noch nie was sexuell mit nem Typen gemacht, und ich glaube auch, die ist nicht richtig glücklich mit ihrem Typ, weil der so eifersüchtig ist und sie gar nicht mehr machen kann, was sie will.

Rom, 10. Mai 1977

Ich hab wieder angefangen zu arbeiten und bin jetzt in der *borgata* Romanina. Die Bezahlung ist immer noch genauso, und ich bin ganz zufrieden. Letzten Samstag ist mir was passiert. Ich hab gerade einer Frau den Kopf gewaschen und sie dabei naß gespritzt, und deshalb hat die Chefin mich angeschrien. Ich sollte dann nicht mehr shampoonieren, und da sind mir die Nerven durchgegangen, und ich hab angefangen zu heulen. Ich hatte sowieso was mit der Chefin zu laufen, weil sie mir mal gesagt hatte: «Du taugst überhaupt zu gar nichts, wo hast du eigentlich deinen Kopf?»

Als die Frau dann ging, war die Chefin ganz sauer auf mich. Gegen halb neun hat sie mich ausgezahlt, und ich bin nach Hause gegangen.

Mit Francesco weiß ich gar nicht, ob ich mit dem noch zusammen bin, denn seit Osterdienstag hab ich ihn nicht mehr gesehen. Eines Abends ist Vincenzo mich von der Arbeit abholen gekommen, ein Freund von Francesco, und ich hab mit ihm geredet. Dann sind wir zu Francescos Arbeitsstelle gegangen, und er ist rausgekommen, und ich hab ihn gefragt, warum er sich nicht mehr blicken läßt. Er hat gesagt, er arbeitet. Um sechs hab ich bei ihm zu Hause angerufen, und seine Eltern haben erzählt, er arbeitet außerhalb von Rom und würde erst in vierzehn Tagen wiederkommen. Ich hab sofort gedacht, sie haben ihn festgenommen, weil er mir mal gesagt hatte: «Wenn die mich entlassen, mach ich n Bruch!» Ich hatte ihm geantwortet: «Du bist ja bescheuert!» Ich glaube, der hat die Nase voll von mir.

Seit zwei Nächten träume ich immer, er hat sich mit einer anderen verlobt, aber ich will ihn nicht verlassen, weil ich ihn gern habe und weil ich mich ganz schön in ihn verknallt habe. Aber mir stinkt's langsam, daß ich ihn immer suchen soll. Er weiß ja immer, wo er mich findet, wenn er was von mir will. Heute nachmittag gehe ich mit ein paar Kumpeln weg, und da kommt er wohl auch mit, es macht mir nämlich keinen Spaß, wenn er nicht dabei ist. Ich weiß nicht, warum er sich so verhält. Ich möchte mit ihm reden.

Ich bin an dem Punkt, daß ich ihn doch verlassen will.

Rom, 20. Juni 1977

Die ganze Woche bin ich wegen der Arbeitsbescheinigung unterwegs gewesen. Dienstag war ich beim Arzt zur Untersuchung. Ich war sehr aufgeregt. Der Arzt hat mir erzählt, ich habe einen kleinen Herzfehler, und hat mich zur Kontrolluntersuchung geschickt, und da muß ich morgen hin. Eines Abends habe ich auch Gina gesehen. Sie sah sehr hübsch aus. Ich hab sie angehalten, um ihr etwas zu sagen, aber sie hat mich überhaupt nicht beachtet. Weil ich so traurig darüber war, hab ich bei der Lehrerin Bianca angerufen. Die war aber nicht da, und dabei hätte ich sie und ihre kleine Tochter so gern gesehen.

Das Schönste an der ganzen Woche war, daß ich Francesco gesehen und mit ihm geredet hab. Er hat mich gefragt, ob wir uns getrennt hätten, und ich hab gesagt: «Keine Ahnung!» Dann hat er gesagt, er ist nicht mehr der anständige Junge. Ich hab ihn gefragt, was das heißen soll, und er hat geantwortet, er hat zwei Wochen eingesessen.

Ich nehm ihm das nicht ab. Ich hatte Lust, ihn zu küssen, aber es war wohl besser so, und er ist dann gegangen, und gestern abend hab ich ihn wiedergesehen. Ich glaube, er hat gar nicht eingesessen, sondern er sucht nur einen Vorwand, um mich zu verlassen. Ich hab ihn liebgehabt, er war – glaub ich – mein erster Freund, und vielleicht konnte ich deshalb auch die Beziehung mit Gina überwinden.

Mit meiner Familie läuft es allerdings besser, obwohl die mir auch ganz oft auf die Eier gehen. Ich hab ihnen erklärt, daß ich wieder zur Schule gehen will, aber bis jetzt haben sie mir noch nichts dazu gesagt. Auch mit Vera hat sich was geändert. Jetzt redet sie wieder mit mir, ich mache Witze mit ihr und bin zufrieden. Vorher, als sie mein Tagebuch gelesen hatte, hab ich sie gehaßt bis aufs Blut. Ich weiß auch genau warum, aber ich hab mich ja selber auch wie eine Nutte gefühlt, und vielleicht war ich deshalb immer so aggressiv auf Leute wie Gina und Bianca.

Jetzt, wo mich auch die Friseuse in der *borgata* Romanina entlassen hat, hab ich als Verkäuferin in einem Haushaltwarengeschäft angefangen. Am Anfang ging's mir gut, ich hatte mich mit einem Mädchen namens Adriana angefreundet, die auch dort arbeitet. Erst war da noch ein Junge, der ist dann aber gegangen, weil er sich nicht mit der Signora verstanden hat, die macht sich ja auch bei allen unbeliebt. Was mich betrifft, ich hab mich jetzt nach vierzehn Tagen ein bißchen verändert. Ich will jetzt einen anderen Arbeitsplatz finden, weil ich gern arbeite und weil ich auch gemerkt habe, daß es schön ist, wenn man mit Leuten Umgang hat.

Aber gerade jetzt, wo ich Lust gekriegt hatte, sagt mir die Signora, sie braucht mich nicht mehr. Vielleicht hatte sie gemerkt, daß ich gegenüber den Leuten nicht so gute Manieren hatte, aber es kratzt mich nicht, sie ist ja nicht die einzige. Heute bin ich vor dem Laden vorbeigegangen, und sie hat mir Vorwürfe gemacht und behauptet, ich würde Adriana auch noch von der Arbeit abhalten. Ich hab geantwortet, ich kann mit Adriana soviel reden, wie mir paßt, wenn sie außerhalb des Ladens ist.

Rom, 22. Juni 1977

Man muß ganz schön Geduld haben, wenn man sich ändern will.

Wenn ich mich ändern will, darf ich keine Leute kennen, die mich mies behandeln wie die Pigabianca oder Francesco oder die ganze Clique von Jungen und Mädchen, die mich sonntags nicht dabeihaben wollen, weil sie behaupten, ich werfe ein schlechtes Licht auf sie, weil ich mir den Finger in den Hals stecke und rülpse, obwohl ich ja genau weiß, daß das ganz selten vorkommt. Ich möchte, daß die mal kapieren, warum ich das mache: Weil ich nämlich einen Haufen Probleme habe, die die überhaupt nicht kennen.

Rom, 5. Juli 1977

Ich möchte ein Mädchen wie alle anderen sein, vielleicht könnten mich die Leute dann endlich positiv beurteilen. Ich frage mich ganz oft, warum ich mich zu Leuten schlecht benehme, ich weiß vielleicht sogar, warum: Sie hassen und verachten mich. Ich hab's doch gemerkt, als ich gearbeitet habe, da haben sie nämlich plötzlich alle zu mir gesagt: «Maria, ausgerechnet du gehst arbeiten?»

Auch meine Eltern waren sehr zufrieden mit mir. Sie behandelten mich wie meine Geschwister, und ich war froh. Vielleicht hast du recht, Rita, daß es nicht schön ist, wenn man den Leuten auf die Eier geht, und daß man auch Respekt zeigen muß, wenn man respektiert werden will.

Auch wenn mir jetzt gekündigt ist, jetzt ist ja Sommer, und im September kann ich wieder anfangen zu arbeiten, und dann sind alle Arbeitsbescheinigungen in Ordnung. Ich hab's meinem Vater und meiner Mutter schon versprochen.

Rom, 14. Juli 1977

Vor ein paar Tagen hab ich ein Mädchen namens Annabella kennengelernt, sie ist sehr hübsch, und ich hab mich in sie verliebt. Ich gehe jeden Morgen in ihre Schule und helfe ihr mit dem Sommerlager.

Ich hab sie an einem Dienstagnachmittag kennengelernt, als ich bei einem Seminar war, ungefähr um fünf. Da waren ein paar Leute, und die haben mich alle ganz komisch angeguckt, ob ich ein Mädchen oder ein Junge bin. Annabella hat mich auch dauernd angeguckt und ich sie auch. Sie war sehr hübsch. Dann hab ich gehört, über was die da reden, und bin dabeigeblieben. Ungefähr um sieben sind wir alle weggegangen. Am nächsten Tag hab ich sie im Zentrum von diesem Sommerlager wiedergesehen, und da hat sie mich auch dauernd angeguckt.

Also hab ich zu ihr gesagt: «Na, Fräulein, warum guckst du mich denn immer so an?»

Sie hat gefragt: «Bist du ein Junge?»

Ich hab geantwortet, ich heiße Maria, und sie hieß Annabella. Dann bin ich weggegangen, und am 1. Juli hab ich sie wieder in dem Zentrum getroffen, und sie hat mich gegrüßt. Ich hab sie immer nur angeschaut und sie mich auch. Am 2. Juli hab ich sie dann gefragt, ob sie mir ihr Feuerzeug schenkt, und sie hat es mir wirklich geschenkt. So hab ich langsam Zutrauen gefaßt, dann hab ich sie gefragt, in welcher Schule sie denn arbeitet, und sie hat mich gefragt, ob ich sie da mal besuchen komme, das würde sie nämlich freuen.

An einem Montag ungefähr um zehn bin ich sie in der Schule besuchen gegangen und hab ihr ein bißchen von mir erzählt und gemerkt, daß sie mir richtig liebevoll zugehört hat. Dann hab ich ihre Hand genommen, und sie hat sie mir auch gegeben. Vielleicht hab ich sie in dem Moment ins Herz geschlossen, und sie hat mich auch gern.

Ich hab mich also mit ihr ein bißchen angefreundet. Dann hat sie mich nach Hause gebracht, und wir haben uns verabschiedet. Ich war so glücklich.

Mittwoch nachmittag bin ich zu ihr nach Hause gegangen, und sie hat mir Federico, ihren Freund, vorgestellt. Er sieht auch sehr hübsch aus.

An dem Morgen war ich in die Schule gegangen, weil ich mir die Theatervorführung des Sommerlagers ansehen wollte, dann bin ich ein bißchen mit ihr zusammen gewesen und hab ihr was über das Theaterstück erzählt, das ich gesehen hatte. Ich hab dann auch noch in der Kantine Mittag gegessen wie jeden Tag und hab mich neben sie gesetzt. Ungefähr um halb zwei sind wir zusammen weggegangen, und ich hab ihr gesagt, ich hab gar keine Lust, nach Hause zu gehen, sondern ich will lieber mit ihr zusammenbleiben. Also sind wir Eis essen gegangen, und danach hab ich sie gefragt, ob wir zu ihr gehen könnten, und sie hat gesagt: «Okay!» Wir waren in ihrem Zimmer, und sie hat gesagt: «Maria, erzähl mir was von dir!»

Und ich hab angefangen, von Gina und Bianca zu erzählen, daß das Mädchen waren, die ich früher sehr ins Herz geschlossen hatte, und daß später die Freundschaft mit ihnen zerbrochen war. Wir standen am Fenster. Dann haben wir uns aufs Bett gesetzt, und sie hat meine Haare angefaßt, und ich hab sie gefragt, ob sie mir die Hand gibt. Das war gar nicht mit Absicht, aber irgendwie hab ich ihr den Hals geküßt, ich hab ihren Körper und ihre Brüste gestreichelt und hab sie immer weiter geküßt und weitergeredet. Dann wußte ich nicht mehr richtig, was los war, und saugte plötzlich an ihrem Hals, und dann bin ich ganz sachte bis zu ihrem Mund vorgedrungen und hab sie gefragt: «Gibst du mir einen Zungenkuß?»

Und ich hab ihr einen Zungenkuß gegeben, und sie hat mich immer weiter gestreichelt und ich auch, und ich hab sie um noch einen Kuß gebeten, und da hat sie gesagt: «Ich mag das eigentlich überhaupt nicht, wie du dich benimmst, Maria!»

Dann waren die Zigaretten alle, und sie hat mich gebeten, neue holen zu gehen. Sie hat mich zur Tür gebracht, und ich bin über sie hergefallen und hab wieder angefangen, sie überall abzuküssen. Ich bin runtergegangen und hatte gar keinen Mut mehr, wieder hochzugehen, weil ich mich geschämt hab wegen der Sachen, die ich gemacht hatte.

Als ich wieder oben war, hab ich ihr gesagt: «Annabella, verzeih mir, was ich gemacht habe!»

Sie antwortete, sie hätte schon vorausgesehen, daß so was passieren würde. Gegen sieben war ein Treffen aller Koordinatorinnen von diesem Zentrum. Ungefähr um acht hat sie mich nach Hause gebracht, und ich hab mich noch bis neun mit ihr unterhalten.

Am nächsten Morgen bin ich zu ihr in die Schule gegangen und hab zu ihr gesagt: «Hör mal, du tust ja so, als ob das bei dir zu Hause alles gar nicht geschehen wäre.»

Sie hat gesagt, es stimmt.

Dann am Samstagnachmittag hat sie mich mit zu einer Freundin genommen, die sehr sympathisch ist.

Das war eine Erfahrung, die war nicht so schlimm, und es hat mir gefallen mit ihr. Ich will nicht wieder die Freundschaft kaputtmachen wie mit Gina und Bianca, ich hab sie nämlich sehr gern.

Rom, 25. Juli 1977

Das Wichtigste, was ich gerade mache, sind die ganzen Untersuchungen wegen meinem Mund, mein Arzt hat mir nämlich erzählt, ich hab eine Blutvergiftung, mein ganzer Mund ist enzündet und mein Blutdruck zu hoch. Und heute morgen bin ich tatsächlich zum Hals-Nasen-Ohren-Arzt gegangen. Aber der war in Urlaub, deshalb konnte ich mich nicht untersuchen lassen, sondern hab nur Tabletten gegen die Entzündung gekriegt und Spritzen, morgen eine und dann noch mal in vierzehn Tagen. Ich hab Schiß gekriegt, weil der Arzt gesagt hat, daß ich wirklich krank bin und eine drei- bis vierjährige Kur machen muß.

Das zweite, was mich sehr geschockt hat, ist, daß ich vor zwei Tagen bei Bianca angerufen habe, weil ich wissen wollte, wie es ihr geht, und über alles mögliche mit ihr reden wollte, und die zu mir gesagt hat: «Maria, nimm dich in acht, ich schick dir sonst Aldo mit den Bullen ins Haus, und dauernd rufst du mich an und störst mich, egal wie spät es ist!»

Ich wußte gar nicht, was ich sagen sollte, und hab dann nur noch gesagt, daß sie einen großen Fehler macht.

Das dritte ist, daß ich immer noch Annabella besuche und mich danebenbenehme, und das ist nicht richtig. Aber ich bin so gern mit ihr zusammen, und es geht mir gut dabei, auch wenn sie mir schon zweimal gesagt hat: «Maria, spiel hier nicht die Lesbe!»

Das hat mich unheimlich getroffen, aber es zeigt mir, daß ich Fehler mache. Donnerstag hab ich mit ihr zusammen viel Freude gehabt, denn wir haben von morgens um zehn bis nachmittags um vier mit den Kindern Puppen gebastelt. Dann sind wir zu einer gemeinsamen Freundin nach Hause gefahren, und sie hat mir gesagt, daß sie mich noch immer gern hat und mir helfen will. Ich hab sie auch sehr gern, und ich hoffe, daß ich nicht ihre Freundschaft verliere, denn die bedeutet mir viel.

Rom, 27. Juli 1977

Ich habe mit Annabella immer noch eine etwas schräge Beziehung. Heute war ich bei ihr in der Schule, und gegen neun sind wir ins Zentrum gegangen und wollten Spiele und Material für die Puppen abholen. Aber wir haben das dann doch nicht mitgenommen, weil wir nicht genau wußten, wieviel wir brauchen. Wir haben nur die Spiele genommen. Danach sind wir wieder in die Schule gegangen, und ich hab zuerst mit den kleinen Kindern gespielt und dann Ball gespielt. Danach bin ich in Annabellas Nähe geblieben. Wir haben uns über alles mögliche unterhalten. Um halb eins sind wir essen gegangen. Nach dem Essen haben wir auf die Mamas gewartet, die ihre Kinder abholen kamen, und dann sind wir auch gegangen. Wir haben uns ein bißchen über uns unterhalten, und sie hat gesagt, daß ich mich danebenbenehme, seit ich bestimmte Sachen mache. Ohne es zu wollen, haben wir uns schließlich gestritten. Ungefähr um drei hab ich bei ihr angerufen und mich entschuldigt, und sie hat gesagt, es macht nichts. Dieses Mädchen ist sehr toll,und ich liebe sie, aber ich bin nicht verliebt in sie, vielleicht habe ich das begriffen, daß ich das nicht ausnutzen darf mit ihr, sonst mache ich dasselbe wie mit Gina und Bianca.

Rom, 19. September 1977

Am 31. Juli morgens bin ich in die Sommerferien gefahren. Annabella und ich hatten uns geeinigt, daß ich alles vergessen muß, was ich mit ihr erlebt hatte, und daß wir nach der Rückkehr weiter Freundinnen sind. Ich weiß noch, daß ich vom 1. bis zum 3. August überhaupt nicht in Passoscuro sein wollte, weil ich immer an Annabella denken mußte und sie wiedersehen wollte. Ich hab nur geheult und telefoniert, dann ist sie abgereist. Ich hab dann Leute aus Rom kennengelernt, lauter junge Leute, und ich war gern mit ihnen zusammen. Ich ging abends mit ihnen aus und hatte mein Vergnügen.

Aber abends im Bett dachte ich an Annabella, vielleicht hab ich geglaubt, ich bin in sie verliebt. Jeden Abend bin ich mit meinen Eltern auf die Piazza gegangen und hab die Leute singen gehört.

Eines Abends war ich mit meinen Eltern unterwegs, ich hatte Lust zu rauchen und bin ein paar Schritte weg und auf ein Mädchen zugegangen und hab sie gefragt: «Fräulein, können Sie mir Feuer geben?»

Und sie hat geantwortet: «Nein, bist du nicht noch ein bißchen klein dafür?!»

Ich hab ihr gesagt, wie alt ich bin, und dann hat sie mir Feuer gegeben. Das Mädchen kommt aus Mailand; ich hab sie am Strand dann wiedergesehen und Zutrauen gefaßt. Sie heißt Paola, ist neunzehn und sehr hübsch. Sie hat mir auch ihre Freunde aus Mailand vorgestellt. Es waren vier Mädchen und zwei Jungen, alle ganz nett.

Jetzt begann für mich das Vergnügen. Abends bin ich mit ihnen ausgegangen. Wir sind auf der Promenade langgelaufen, ich war gern mit ihnen zusammen, das waren dufte Leute. Morgens bin ich immer mit ihnen baden gegangen, das hat mir großen Spaß gemacht.

Dann eines Nachmittags ging ich zu diesen Mailändern nach Hause, und da hab ich einen furchtbaren Schreck gekriegt, weil sie alle in einem Raum wohnten. Als ich reinkam, habe ich einen komischen Geruch bemerkt, ich hab nämlich auch gesehen, wie sie einen Joint gebaut haben. Ich war ja sofort neugierig, aber ich bin dann doch gleich wieder abgehauen, weil ich Angst hatte. Ich bin rausgegangen, und Paola und Matilde sind auch mitgekommen. Paola hatte mich sehr ins Herz geschlossen, ich sie auch, und sie hat mir gesagt: «Los, Maria, nimm das nicht so tragisch, ich wußte ja nicht, daß du so reagierst, betrachtest du mich trotzdem noch als deine Freundin?»

Ich hab geantwortet, daß ich keine Lust hätte, mit Leuten vertraut zu sein, die so was machen. Darauf hat sie zu mir gesagt: «Wenn du willst, Maria, dann mach ich das nicht mehr, deinetwegen.»

Und ich hab sie gefragt: «Warum legst du eigentlich soviel Wert auf meine Freundschaft?»

«Du bist ein liebes Mädchen, und ich hab dich gern.»

Und das war's. Ich bin auch weiterhin abends mit ihnen ausgegangen. Ich weiß noch, daß Paola meine Hand gehalten und gedrückt hat. Morgens bin ich dann auch immer mit ihnen zusammen gegangen. Paola hat mich immer angeguckt, ob ich jetzt vielleicht nichts mehr mit ihr zu tun haben wollte. Ich weiß noch, am 1. August fuhren sie nach Rom und brachten eine Freundin zum Bahnhof, die abreiste. Sie sind zwei Tage weggewesen, und Paola hat mir sehr gefehlt, vielleicht weil ich sie mochte und gern hatte. Am 12. August war ich ungefähr um halb drei am Strand mit Bekannten aus Rom, plötzlich hab ich Paola gesehen und bin mit ihr nach Hause gegangen, und als ich reinkam, bin ich sofort über sie hergefallen und hab ihr Küßchen auf den Hals gegeben. Dann haben wir uns aufs Bett gelegt und Poker gespielt, und ich hab sie gefragt, ob sie vielleicht Lust hat, mit mir zu vögeln, und hab's dann auch gemacht.

Ich hab ihr was erzählt, dann hab ich an ihrem Hals rumgesaugt, und schließlich hab ich sie um einen Kuß gebeten. Wir lagen auf dem Bett und ich auf ihr drauf. Wir haben erst ein bißchen geredet, und dann haben wir wieder angefangen. Ich hab ihr gesagt, daß ich sie gern habe, und sie hat mich gefragt: «Maria, hast du dich etwa in mich verliebt?»

«Nein, ich weiß nicht!»

Dann noch ein Zungenkuß, sie hatte die Augen zu, und dann hat sie mir erzählt, sie denkt gerade an Mario, ihren Freund. Das war ein Schlag ins Gesicht, aber ich hab sie dann noch mal geküßt. Wir sind nach draußen gegangen, und ich hab ihr die Hand gehalten, und wir haben geredet, und sie wollte wissen, warum ich das gemacht habe, und ich hab ihr erzählt, daß ich sie mag. Ich hab ihr angesehen, daß sie jetzt lieber nicht mehr so vertraut mit mir sein will wie vorher, und hab sie gefragt: «Paola, warum bist du jetzt so?»

«Wir sollten die Freundschaft besser abbrechen.»

«Aber wir sind doch noch Freundinnen! Ich verspreche dir, daß ich mich dir gegenüber nicht mehr danebenbenehme!»

Ich bin weiter mit der Clique unterwegs gewesen, aber Paola ging immer weg. Ich habe sehr bereut, daß ich mich ihr gegenüber schlecht benommen hatte. Dann, am 28. August, ist sie abgereist, und vorher haben wir uns noch mal getroffen: Ich hab ihr ein Andenken von mir gegeben und sie mir auch.

Sie hat mir erklärt: «Du bist eine liebe Freundin, ich werde dich nie vergessen!»

Dann ist sie abgefahren.

Ich weiß noch, daß ich an dem Nachmittag fürchterlich geheult habe und ein bißchen Heimweh hatte. Ein paar von ihren Bekannten, die mir auf die Eier gehen, haben gesagt: «Stimmt das, daß du mit Paola gevögelt hast?»

Wenn sie an dem Tag nicht weg gewesen wäre, ich weiß nicht, was ich mit ihr gemacht hätte!

Aber der schlimmste Tag kam ja erst noch, die Rückfahrt nach Rom.

Nachwort

1. Der Abfall fällt nicht weit vom Stamm

«Vielleicht hast du recht, Rita, daß man auch Respekt zeigen muß, wenn man respektiert werden will.» So lautet ein Satz aus Marias Tagebuch. Würde er umgekehrt dastehen, ließe sich in diesem einen Satz das Ausmaß der Misere darstellen, in die Maria und Marco gezwungen werden. Aber er würde auch enthüllen, wie begrenzt ein Konzept wie «Respektiertwerden», oder anders und an anderen Stellen genannt: Integration/Resozialisierung/Wiedereingliederung, ist.

«Was machen denn diese Politiker, die können uns doch gestohlen bleiben mit ihrem Gewäsch, machen ewig die dikken Versprechungen, und am Ende gehen wir doch wieder leer aus. Die Kommunisten veranstalten ihre Unitá-Feste, so n Krampf, die Linksextremisten spielen sich auch bloß auf, und letzten Endes bleibt hier alles beim alten. Vor vier Jahren, da hatten wir n Heidenspaß, als wir die Häuser besetzt haben. War mal was ganz Neues für uns, da haben wir uns mit den Bullen geprügelt . . .» So reden die *borgatari*, junge Leute aus den römischen Vororten wie San Basilio, die zum größten Teil von den Faschisten aus dem Boden gestampft worden waren, als Ghetto für Außenseiter wie Diebe, Mörder, Hehler, Prostituierte, Kommunisten, vom Land vertriebene oder geflohene Bauern, Zigeuner, Versehrte – mit einem Wort: alle, die nach der Definition nicht nur des italienischen Faschismus «asozial» sind. Alle, die den ordentlichen Arbeitsablauf der «anständigen», «gesunden» Gemeinschaft stören, weil sie sich nicht in durchgeplanten Bahnen von Arbeit und Lohn bewegen, sondern auf die eine oder andere «illegale» oder «halblegale» Weise ihre Existenz sichern oder offenen Widerstand gegen den Staat organisieren.

Die *borgate* waren geplant als große Gefängnisse für bedrohliche Personen: Wer nicht integrierbar ist, wird ausgesperrt. Wer sich integrieren läßt, wird belohnt: mit Kontrollpöstchen, Prestige, Geld – mit etwas Macht über andere, die in Schach gehalten werden müssen. Wer sich nicht integrieren läßt, wird eingereiht in das große Heer der Lohnlosen, die sich ihr Einkommen auf andere als die vorgeschriebene Weise beschaffen müssen.

Aber auch das Ghetto, das die Außenseiter zusammenpfercht, muß hierarchisch geordnet sein, damit es nicht geballt explodieren kann. Im Ghetto bestehen die gleichen Spaltungen, und die Spaltung in «anständige» und «unanständige» Leute ist ebenso international wie die Erfahrung des Ghettos. San Basilio ist überall: in Harlem wie in Kreuzberg wie in Soweto. Und hier gibt es schließlich die Außenseiter der Außenseiter. Zum Beispiel die Homosexuellen.

Im Ghetto leben die Leute, die zuwenig Geld haben, um anständig sein zu können, und die zuwenig anständig sind, um Geld haben zu dürfen. Ein Teufelskreis, für dessen ununterbrochenes Funktionieren die grundsätzliche Spaltung zwischen Männern und Frauen entscheidend ist. Und hier wird unübersehbar, daß alle Ghettos Spiegelbilder der «feinen», «respektablen» Gesellschaft sind: Hier wie dort haben die Männer Zugang zu Löhnen, und die Frauen haben ihn nicht, es sei denn darüber, daß sie sich einen Mann sichern können. So ist hier wie dort der wirkliche Arbeitsmarkt für Frauen der Heiratsmarkt – also ist hier wie dort Heterosexualität die aussichtsreichste Chance, an eine Existenz zu gelangen, und ist damit Teil der Arbeit. Einer Arbeit, die sowohl endlos als auch unentlohnt ist, und das nicht zufällig: Auch im Bereich der Lohnarbeit konnte die Arbeitszeit erst verkürzt werden, als der Lohn gesichert war. Einer Arbeit auch, die darin besteht, alle Arbeitskraft von heute und von morgen, männlich und weiblich, herzustellen und zu erhalten, die der Staat dann auf beiden Arbeitsmärkten, dem der Lohnarbeit und dem der lohnlosen Arbeit, zu verschieben versucht. Die Frauenbewegung nennt sie Hausarbeit. Diese grundsätzliche Spaltung macht die Ohnmacht beider aus: Männer sind dadurch verwundbar in ihren Kämpfen gegen die Misere, daß sie gezwungen sind, ihren Lohn mit vielen anderen zu teilen: Frauen, Kindern, auch Verwandten. Frauen sind verwundbar, weil sie auf Grund der Gratisarbeit, an die sie gefesselt werden, von Männern abhängig sind.

Aber die Spaltungen gehen weiter: Die Kommunisten in San Basilio sind die ordentlichen Arbeiter gegenüber vielen Dieben und Hehlern, die Ehefrauen sind arm, aber anständiger als die Prostituierten, ein politischer Attentäter wird eher anerkannt als ein gemeiner Mörder, ein echter Römer ist immer noch einem Zigeuner vorzuziehen – getreu dem Vorbild der braven Bürger.

Aus dieser Situation heraus sprechen die *borgatari*, und sie formulieren die Abfuhr, die sie traditionellen wie extremistischen linken Organisationen erteilen, als Resultat einer Geschichte massiver Kämpfe, die die Neugier der Linken auf das Ghetto überhaupt erst geweckt haben: Hausbesetzungen, Gratisenergie, Schwarzfahren, Ladenklau und so weiter Jene Linke fand lediglich den Namen für solche Kämpfe: *riappropriazione*, Wiederaneignung des Reichtums, den auch die *borgatari* produzieren und der ihnen gestohlen wird. An den Kämpfen hatte keine Linke wirklichen Anteil, und vor allem gelang es keiner linken Fraktion je, diese Kämpfe unter Kontrolle zu bringen. Denn weder die KP noch die kleinen militanten Gruppen hatten ein Augenmerk auf die Tatsache, daß die größte Gruppe der ghettoisierten Lohnlosen die Frauen sind und daß sie diese Kämpfe anführten. Auch hierin ist San Basilio international, und es besteht eine direkte Verbindung zwischen Lohnkämpfen, die die Gestalt von Senkung der Lebenshaltungskosten annehmen, und zum Beispiel den organisierten Plünderungen in den schwarzen Ghettos der USA nach jedem Stromausfall.

In dem Moment, in dem diejenigen, die am untersten Ende der staatlich verordneten Hierarchie stehen, den Aufstand gegen die Armut anführen, ist diese Hierarchie in Gefahr. Mit Sicherheit haben die Frauen am meisten zu gewinnen, und mit Sicherheit gewinnen damit auch alle anderen, und mit Sicherheit bedeutet das sehr bald eine Bedrohung für einen Staat, der nur mit Hilfe hierarchischer Spaltungen überlebt. Nicht nur San Basilio ist in diesem Sinn in den letzten fünfzehn Jahren dem Staat aus den Händen geglitten – und damit allen Bewegungen und Organisationen, die nicht bereit sind, die Überwindung der prinzipiellen Spaltung von Frauen und Männern und entsprechend von Gratisarbeit und Lohnarbeit zum Ausgangspunkt ihrer Strategie zu machen. Die Kämpfe derer, die im nachhinein immer die «Betroffenen» genannt werden, sind den verschiedenen linken Konzepten meilenweit voraus – auch den meisten Konzepten der Frauenbewegung.

Maria Rita Parsis Beziehung zu San Basilio ist definiert durch ihre Tätigkeit als Sozialarbeiterin für Kulturelles im Rahmen einer KPI-Initiative. Sie entstammt einer anständigen, vermutlich nicht armen Familie und wohnt in einem gutbürgerlichen römischen Viertel. Sozialarbeit im weitesten Sinn – in dem wir auch Lehrerinnen zu Sozialarbeiterinnen rechnen – ist ein typischer Frauenberuf und somit eine der wenigen entlohnten Tätigkeiten, die Frauen in Italien offenstehen. Sie alle sind konfrontiert mit jungen Leuten, die nicht «richtig funktionieren», die «anders» sind, abweichen und aussteigen. Die Jugendlichen tun das auf verschiedene Weise, zum Beispiel – in Massen – mit Hilfe von Drogen. Die KPI ist seit einigen Jahren tonangebend bei den verschiedenen Versuchen, die daraus entstehenden Probleme in den Griff zu bekommen. Aber ihr Ansatz kommt von außen und läßt sich zusammenfassen in dem Begriff *recupero*, das heißt Wiedereingliederung, Zurückholen. Die problematischen Jugendlichen (und durchaus nicht nur sie) sind «gefährdet», «Fälle», «Betroffene» oder ganz unverblümt «arme Opfer». Solche Leute brauchen natürlich «Hilfe» – mit anderen Worten, man muß ihnen die Türen öffnen, die in das Reich der Normalen und des Respekts führen. Hatten die

Kämpfe in den *borgate* das Ziel, der Armut zu entgehen, und zwar notfalls mit «unanständigen» Methoden wie Hausbesetzungen, Diebstahl und Prostitution, so kommt der Vorschlag, um Respekt zu kämpfen, wie von einem anderen Stern für die *borgatari*. Und ähnlich fremd erscheint auch der Satz aus Marias Tagebuch. «. . . daß man auch respektiert werden muß, wenn man Respekt zeigen soll» – diese Umkehrung des Satzes würde die Frage auslösen, warum eigentlich gewisse Leute respektabel sind und andere nicht, und damit gleichzeitig die Vermutung nahelegen, daß man diesen anderen etwas sehr viel Umfassenderes als Respekt anbieten muß: Was Maria braucht, ist Unterstützung ihrer Rebellion, die ihr gerade das Etikett «nicht respektabel» eingetragen hat. Sie ist die Unanständigste, denn sie verweigert an einer entscheidenden Stelle des gesamten Arbeits- und Lebensgefüges ihre Mitarbeit: Sie kann mit der heterosexuellen Normalität, die Inhalt ihrer Aufopferung wie ihrer Träume zu sein hat, nichts anfangen. Sie träumt vielmehr von Frauen. Es gelingt ihr nicht, ihre sexuellen Wünsche und Handlungen der Norm anzupassen, was ihr mit der gesicherten Existenz auch die Abhängigkeit bringen würde. Aber es gelingt ihr auch nicht, ihre Rebellion genau zu benennen: Es scheint, als bestünde ihr Anderssein vor allem in der Marotte, sich den Finger in den Hals zu stekken und zu erbrechen.

Auch Marco paßt nicht in die heterosexuelle Normalität: Er ist schwul. Er empfindet keine Lust bei Frauen, sondern bei Männern. Aber sein Beitrag in diesem Buch ist dadurch gekennzeichnet, daß er sein Anderssein als Rebellion gegen die Gesellschaft formulieren und daraus Selbstbewußtsein gewinnen kann.

So sind die zwei Außenseiter des Ghettos San Basilio ebenfalls gespalten und haben nicht einmal die Möglichkeit, sich gegen ihre schlechten Bedingungen zu verbünden: Zwischen ihnen stehen alle Barrieren, die Männer und Frauen allgemein auseinanderdividieren, damit sie beide beherrscht und kolonialisiert werden können. Maria und Marco haben verschieden viel Macht und bekommen verschieden viel

Macht geboten durch das Projekt, in dem Maria Rita Parsi mit ihnen beiden arbeitet. Und sie sind in dem Projekt, das hier in Buchform vorliegt, verschieden repräsentiert: Marco stehen 65 Seiten für sich allein zur Verfügung, Maria muß ihre 45 Seiten noch mit ihren Verwandten teilen. In dieser scheinbar zufälligen Aufteilung spiegelt sich der reale Platz wider, den beide in der Welt haben: Ein schwuler Mann hat immer noch etwas mehr und ist immer noch etwas sichtbarer als eine lesbische Frau.

2. Das Politische ist persönlich

Die Verhältnisse sind nicht so, daß Maria und Marco in ihrer Verweigerung gegenüber der Heterosexualität die Grundlage einer gemeinsamen Perspektive haben könnten – das zeigt das Buch: Maria Rita Parsi stellt die zwei Situationen des anscheinend gleichen «Andersseins» und zugleich die individuellen Bedingungen und Verhaltensweisen gegenüber. Das macht die Stärke des Buches aus. Beide, Maria wie Marco, wirken wie Prototypen für die unterschiedlichen Machtverhältnisse in dieser Gesellschaft. Marias Werdegang ist ebenso klassisch «weiblich», wie Marcos klassisch «männlich» ist, und beide werden deutlich gerade in den Abweichungen.

Marco hat eine Schulbildung mit mittleren Aufstiegschancen. Maria verbringt den größten Teil ihrer Schulzeit in einem Sonderschulzweig, dessen Schüler als «Bekloppte» gelten. Marco darf in seiner Kindheit seinem Spieltrieb freien Lauf lassen, selbst wenn dabei etwas so «Unmännliches» herauskommt wie «Frau spielen». Über Marias Kinderzeit und über die Art ihrer Spiele wird nicht viel gesagt – nur daß sie gern geflippert hat. Aber genau an dem Ort ihres Spiels wird sie das erste Mal vergewaltigt. Sie ist fünf. Damit beginnt für sie die Kette von Erfahrungen, in denen Heterosexualität Teil ihres weiblichen Alltags ist, untrennbar damit verknüpft und teilweise undurchschaubares Reglement für alle ihre Schritte als Frau.

Marco wird nie zu Heterosexualität gezwungen, weder als

Kind noch später, als er sich bereits als Schwuler begreift. Für ihn existiert auch nicht die enge Verbindung von Heterosexualität und Arbeitsplatz, die für Maria selbst dann noch unaufhebbar ist, als sie bereits «aussieht wie ein Junge». «Heute um fünf kam Signor Pietro, und den mochte ich überhaupt nicht: Er sah aus wie so n schmieriger Lustmolch . . . der hat mir in der Bar eine Cola spendiert. Er hat mir zugeguckt, als ich shampooniert hab . . . Dann hat er noch gesagt, wenn er mit einem Mädchen schlafen will, dann würd er's schon sagen, und im übrigen müßten das ja auch alle beide wollen. Da ist mir klargeworden, daß das so ein Mann ist, der mich ankotzt . . .» So beschreibt sie den Versuch, eine entlohnte Arbeit zu finden. Ein Mann entscheidet darüber, ob Maria an eigenes Geld kommt oder nicht, ein Chef, und oft genug tritt er Maria in Gestalt anderer Frauen entgegen, die solche «höchsten Entscheidungen» vorbereiten oder gar «für ihn» treffen. Die Frauen an Marias Weg erweisen sich alle als mehr oder weniger direkt feindlich und tragen so dazu bei, daß sie alles «zum Kotzen» findet – und sich folglich den Finger in den Hals steckt. An keiner Stelle jedenfalls trifft sie auf eine Frau, die ihr dabei hilft, aus der Situation herauszukommen, und stark zu werden an ihrer Verweigerung: als lesbische Frau.

Marco hat den unschätzbaren Vorteil, daß männliche Homosexualität sichtbar ist, er kennt eine Alternative zur Heterosexualität, er weiß von Vorbildern, und er kann die Alternative für sich überprüfen. Maria kennt keine lesbischen Frauen. Offenbar weiß sie auch nicht, daß es so etwas wie eine Frauenbewegung gibt, oder, was wahrscheinlicher ist, sie findet in der Frauenbewegung keine Stärke. Maria kommt nicht dazu, von sich selber zu sagen: «Ich bin eine Lesbe», während Marco sagen kann: «. . . obwohl ich auch weiß, daß die Größen der Geschichte und ne ganze Menge Denker, die es gegeben hat, homosexuell waren.» Maria hat nie Gelegenheit, ihre Homosexualität auszuprobieren, während Marco noch in der einzigen heterosexuellen Situation, die er durch Maria erlebt, in seiner Homosexualität bestätigt wird.

Marias Arbeitsplatz ist zunächst der Haushalt, und hier verweigert sie die Mitarbeit. Sie wäscht nicht einmal ab. Aus allen anderen Arbeitsplätzen fliegt sie nach kurzer Zeit raus. Marias Möglichkeiten erschöpfen sich in Jobs als Friseuse, wobei sie aber bestenfalls die Haare waschen und den Raum fegen darf, oder als Verkäuferin. Sie kann gerade noch von einer Stelle in einem Warenhaus träumen. Mehr ist für sie nicht drin – außer dem Heiratsmarkt. Aber wenn sie schon zu Hause keine Hausarbeit macht und wenn sie bei den Jobs, die ihr offenstehen, auch noch immer da ausfällt, wo es um Weiblichkeit geht (sie kippt einer Kundin Wasser über, als sie ihr die Haare wäscht, und sie ist zu den Kunden auch nicht freundlich genug) – wie sollte sie nach alldem als Ehefrau reüssieren? Ihre Verweigerung wird hart bestraft, die Situation bleibt «zum Kotzen». «Ich möchte ein Mädchen sein wie alle anderen, vielleicht könnten mich die Leute dann endlich positiv beurteilen», überlegt sie hin und wieder, aber sie weiß auch: «. . . ich heirate und hab dann so einen Schuft als Ehemann, der mich verprügelt, betrügt, der sich von mir trennt, nein. So was kommt ja oft vor, solche Familien gibt es jetzt so viele!» Deshalb hält sie es auch nicht für möglich, «daß ich einen Freund habe wie andere Mädchen auch und ihn sogar langsam gern habe». Sie ist nicht nur nicht willens, von einem Mann abhängig zu werden, sondern der Arbeitsmarkt Ehe bietet auch nicht mehr die Sicherheiten, die er der Generation ihrer Mutter noch bot. Ehemänner verlassen eben ihre Ehefrauen auch immer öfter, denn sie haben auch keine Lust, ihren geringen Lohn zu teilen.

Marco hat solche Probleme nicht. Nach der Schule muß er zwar mit seinem Vater einen Kampf austragen, weil er nicht Dreher, sondern Friseur lernen will. Aber er gewinnt ihn – vor allem, weil er selbst überzeugt ist, daß ihm hier sogar eine Karriere bevorsteht. Er kennt Leute, die berühmt sind als Visagisten, Maskenbildner oder Kosmetiker. Warum sollte er es nicht schaffen? Mit dieser Selbstsicherheit kann er seinem Vater gegenübertreten. Schließlich ist er ja auch ein Mann, und sein Leben ist auf eine Zukunft mit Lohn programmiert. Marco kann außerdem aus seiner Homosexualität Geld machen. Er arbeitet als Stricher und als Striptease-Tänzer, für ihn gibt es einen Markt. Für Maria nicht, für lesbische Frauen wie Maria gibt es keinen Strich, auf dem sie an eigenes Geld kommen könnten, denn Frauen haben kein Geld, Sexualität zu bezahlen. Statt dessen nimmt Marias Sexualleben von ihrer Kindheit an scheinbar immer mehr den Charakter des «Nuttenhaften» an: Sie treibt es mit möglichst vielen Jungen auf die möglichst verpönteste Weise und möglichst bindungslos. Scheinbar der Alltag einer Prostituierten: viele Männer, keine Liebe im Spiel. Aber während das für eine Prostituierte Arbeit ist, die bezahlt wird, bleibt es für Maria der zwanghafte Versuch, doch noch normal zu werden und endlich ihren Träumen vom Glück näher zu kommen. Maria ist als lesbische Frau noch verwundbarer als eine Frau, die den sexuellen Vorstellungen von Männern äußerlich entspricht. Und noch verwundbarer als ein schwuler junger Mann. Marco kann sich, indem er mit seiner Sexualität Geld verdient, sogar noch aussuchen, mit welchem Mann er gern mitgeht. Für ihn sind Sexualität und Arbeit getrennt, gerade dadurch, daß er mit Sexualität Lohn verdient und sexuelle Dienste eine Arbeit für ihn sind. Und er kann auf Vorbilder verweisen, wenn er für sich den Strich als Zwischenstufe seiner Karriere interpretiert, um nicht in moralische Konflikte zu kommen. «Ich werde wie Geak, der Maskenbildner der Diven . . . Das ist auch ein Schwuler, Stricher war der bestimmt auch mal, aber jetzt braucht er die Straße nicht mehr.»

Maria, die nicht einmal Lohn verdienen kann am Arbeitsplatz Prostitution, wird statt dessen mit der Unanständigkeit dieser Arbeit ausgestattet: «. . . ich hab mich ja selber auch wie eine Nutte gefühlt . . .» Ihr gerät alles zur Schande, womit andere Leute sich einen Ausweg schaffen.

Marcos Homosexualität ist auch deshalb sichtbar, weil er sie veröffentlicht. Er schminkt sich, benimmt sich tuntig und wackelt beim Gehen mit dem Hintern. Aber er wird immer für einen Mann gehalten, er sieht höchstens aus «wie ne

Tunte». Maria sieht aus «wie ein Junge» und wird mit Jungen verwechselt: «Annabella hat gefragt: ‹Bist du ein Junge?›» Aber auch bei den Leuten, die sie kennen, gilt sie nicht als «richtige Frau», denn sie macht mit den Jungen Sachen, die eine richtige Frau eben nicht macht, und kann es sich nicht verkneifen, Frauen anzuflirten und zu erobern. Und von diesen Frauen erhält sie die härtesten Schläge. Nicht nur wird sie von ihnen gemieden, während Marco seinen festen Kreis von Schwulen hat, sondern sie wird auch von den Frauen, denen sie ihre lesbischen Wünsche offenbart, so behandelt, als kennten sie sie nicht. Bianca Piga, die Lehrerin, und Gina, das Mädchen aus der Clique, verhalten sich nach dem Ende der «Romanzen» so, als hätte es nichts gegeben, als wäre nichts passiert. Sie zertrümmern damit auch Marias Geschichte, die Geschichte ihres Wagnisses, lesbisch zu sein. Eben deshalb müssen sie Maria verleugnen: Maria könnte geltend machen, daß die anderen Frauen sie auch provoziert haben. Zumindest Bianca aber hat einen Mann zu Hause und später auch ein Kind, sie steckt so tief in dieser Heterosexualität, daß sie sich einen Ausbruch offenbar nicht leisten kann: Sie animiert Maria, läßt sie dann aber als Schuldige stehen. Das ist ebenso Ausbeutung von Marias Anderssein wie das Verhalten der Ferienliebe Annabella, die, als Maria mit ihr im Bett liegt, an ihren Freund denkt und damit Maria hinter seinem Bild verschwinden läßt. Maria ist kein Mann, aber eine Frau darf sie auch nicht sein, wenn sie sich so benimmt. Was ist sie dann? Lesbisch? In der Vorstellung der Frauen, denen Maria begegnet, gibt es dafür keinen Platz oder ist es gleichbedeutend mit Scheitern. Daß Maria mit ihrer Verweigerung, die Lesbischsein heißt, auch die Kämpfe dieser Frauen gegen die Abhängigkeit von ihren Männern repräsentiert – auf diese Idee kommt keine von ihnen. Sie sehen auf Marias Seite nur die Ohnmacht, nie den mächtigen Sprengstoff, der in ihrer Verweigerung liegt und dessen Explosion auch ihre Kämpfe siegreicher werden lassen könnte.

Auch Marco unterstützt Maria nicht, im Gegenteil: «Marco hat mich schon oft verdroschen wegen des Fingers im

Mund. Er sagt, er muß sich für mich schämen.» Aber wie soll er ihr auch etwas bieten können, wenn nicht einmal die Frauen die Sensibilität dafür haben? Für Marco ist Homosexualität männlich, auch ihm bleibt Marias Homosexualität hinter der Geste verborgen, mit der sie ausdrückt, daß sie alles zum Kotzen findet. Erst wenn Maria als Frau ihre Rebellion gegen die Verhältnisse mit dem Namen einer Bewegung benennen kann – wie Marco –, erst dann könnte sie auch an ihn die Forderung nach Unterstützung stellen. Solange sie das nicht kann, weil es massiv verhindert wird, muß sie umgekehrt noch für ihn etwas tun. Ihrer beider Beziehung ist damit eine ganz traditionelle: Sie tröstet und stärkt ihn, wenn er Probleme hat. Die seelische Aufmöbelung und das Schuldgefühl sind die beiden Teile von Hausarbeit, die auch Maria noch nicht verweigern kann. Dazu braucht sie mehr Macht: An einem Finger im Hals kann man sich nicht organisieren.

3. Und sie bewegt sich doch!

Auf diese Tatbestände wird in keiner der Rezensionen eingegangen, die bisher in Italien über dieses Buch erschienen sind, das doch zum erstenmal die *borgata* auf eine Weise darstellt, in der Frauen nicht völlig ausgeblendet sind. Anders als Pasolinis Filme, die genau an der Stelle mystifizieren, wo sie eine (männliche) Homogenität des Milieus entwerfen, die nicht existiert. Vielleicht fragen manche Leser wie wir: Was hat sich zwischen Maria und Rita abgespielt? Warum schweigt die Autorin darüber? Warum interessiert sie sich so sehr für die *borgata* und speziell für die beiden Außenseiter? Sollte sie vorgehabt haben, die beiden «heimzuholen» als ordentliche Arbeitskräfte für ein geregeltes Leben mit Lebensqualität, dann ist sie an Maria mindestens so drastisch gescheitert wie seinerzeit Freud an Dora. Und die war auch eine lesbische Frau, der man es unmöglich gemacht hatte, ihr eigenes Lesbischsein zu erkennen und sich daran zu organisieren.

Daß Maria Rita Parsi darüber schweigen kann, liegt im

Schweigen der gesamten italienischen Frauenbewegung zum Lesbischsein begründet. So schweigen auch andere Leute, die sich nicht zu dieser Bewegung rechnen, darüber. Und es schweigt auch die italienische Schwulenbewegung, die es als Organisation FUORI (Fronte Unitario Omosessuali Rivoluzionari Italiani) seit vielen Jahren gibt und in der auch immer mal wieder einige lesbische Frauen versuchen, ihre Forderungen zu verstärken.

Bei Marco scheint jener *recupero* zu gelingen, den Organisationen wie die KPI für alle die klassischen Raster des Arbeiterkampfs verlassenden Rebellen ins Auge gefaßt haben. Marcos Position ist am Ende des Buches gefestigt, er ist als Schwuler selbstbewußt, er hat keine Schuldgefühle deshalb, und er diskutiert sogar mit anderen Jungen darüber und kann ihnen klarmachen, daß sich hinter ihrer Panik gegenüber dem Schwulen nur ihre eigene Homosexualität verbirgt. Er hat einen Job, in dem er offenbar ganz zufrieden ist, und er hat Bilder für seine Träume von sich selbst: «Die Leute machen mir keine Angst mehr! Selbst wenn ich allein alt werde, habe ich eine Arbeit und Freunde, was kümmert es mich! Wenn ich mir einen Künstlernamen aussuchen sollte, würde ich nehmen: ‹Zarin Katjuscha, Herrin der Wälder und der Liebe.›» So begrenzt und ohnmächtig ist die Schwulenbewegung in Italien, daß sie nicht verhindern kann, daß einer der ihren, ein schwuler Junge aus einer römischen Vorstadt, sein Heil in derart behaglichen Vorstellungen sucht: daß er Frieden machen will mit allem – und damit genau dem Wiedereingliederungsversuch auf den Leim geht. Die italienische Schwulenbewegung hat in den letzten fünf Jahren nur zwei Wege vorgeschlagen. Der erste heißt Integration und verbirgt sich hinter den vielfältigen Versuchen, das Bewußtsein zu schaffen und zu verbreiten, daß Schwule doch gar nicht so anders sind – jedenfalls keine Störenfriede sind, sondern Leute, die als vollwertige Bürger anerkannt werden möchten. Diese Art Bürgerrechtsbewegung von Schwulen wird heute vor allem von der Radikalen Partei getragen, die auch in anderen Bereichen eine Art «Anti-Diskriminierung»-Feldzug führt. Und genau diese Position nimmt auch Marco ein, wenn er klagt: «Eins kann ich nicht begreifen: Ich bin aus der *borgata*, aber bei mir heißt es nur, ich bin schwul, und sonst nichts. Wer Geld hat, die aus Parioli, die sind nicht schwul, die sind vornehm! . . . Ich kann den Leuten nicht beibringen, daß ich auch nicht anders bin, denn ich arbeite wie sie, wie ihr . . . Und wenn ich jemand gern an den Arsch fasse, was geht 'n euch das an?!» Es ist die Position des Staates: Wenn er ordentlich die Trennung zwischen Öffentlichkeit / Arbeit und Privatleben / Freizeit beibehält und propagiert, wird er Karriere machen – wie viele Schwule, die es so bis in die höchsten Staats- und Kirchenämter geschafft haben und die nicht nur den Frauen das Leben sauer machen, sondern auch sehr vielen Schwulen, die sich gegen die Machtverhältnisse, die ihr «Privatleben» zerstören, organisieren wollen.

Der andere Weg der Schwulenbewegung, den vor allem viele der Jüngeren gehen, die aus der Linken herauskatapultiert worden sind, weil sie nicht bereit waren, ihr Schwulsein sekundär werden zu lassen, heißt mit einem Schlagwort Gegenkultur. Dieser Weg führt aber in keiner Weise aus dem Ghetto heraus, sondern nur tiefer hinein, weil er das Ghetto Schwulsein so adrett und heimelig ausstattet, daß alles Aufständische erstickt. San Francisco ist nicht das einzige Beispiel dafür, wie eine starke Bewegung zu bleierner Gemütlichkeit gerinnt. Ähnlich wurde auch der Teil der Schwarzen Bewegung entmachtet, der sich auf ein Leben nach dem Motto «Black ist beautiful» eingelassen hatte. Und da dieser Weg das Ghetto nicht durchbricht, hilft er auch nur wieder erfüllen, was der Staat ohnehin betreibt: Wer sich nicht integrieren lassen will oder kann, wird gefangengesetzt und arm gehalten. Denn natürlich bekommt auch ein offen als Schwuler zu erkennender Mann schwerer einen ordentlichen Lohn als einer, der sich «normal» verkleidet. Und folgerichtig ist die Gegenkulturseite in der Schwulenbewegung ärmer als die Bürgerrechtsseite.

Aber die Schwulenbewegung ist deshalb so schwach, weil

die Frauen es sind, in deren Bewegung noch immer nicht Raum für eine Bewegung der lesbischen Frauen ist. Die Schwulenbewegung ist nichts ohne die Frauen, und sie kam in allen Ländern, in denen sie existiert, *nach* dem Aufbruch der Frauen. Wogegen die Frauen vor zehn Jahren aufstanden, das war das Machtverhältnis zwischen Männern und Frauen, das darin begründet liegt, daß eine Frau finanziell von einem Mann abhängig ist und daß er ihre gesamte Existenz mit Hilfe seines Lohns kontrollieren kann. Sogar noch wenn sie einen Beruf hat. Die Schwulenbewegung ist die Rebellion von der anderen Seite her gegen die gleiche Disziplin, die Heterosexualität heißt. Schwulsein bedeutet, daß ein Mann sich weigert, eine Frau sexuell und damit auch psychisch und so weiter zu kontrollieren. Das ist der politische und widerständige Gehalt männlicher Homosexualität. Marco macht Maria gegenüber alle Fehler, die er machen kann, aber er ist der einzige Mann, der ihr nicht Sexualität aufnötigt, und deshalb hat Maria Vertrauen zu ihm – wie sich viele Frauen zu Schwulen hingezogen fühlen, weil sie sich unausgesprochen ein Bündnis erwarten.

Die Frauenbewegung in Italien ist zwar ein Freiraum für Homosexualität unter Frauen gewesen, aber sie war nie so organisiert, daß Lesbischsein in ihr aufgehoben gewesen wäre als nicht nur quantitativ bedeutsame Rebellion gegen die Hausarbeit der Zwangsheterosexualität. Lesbische Frauen zeigen mit ihrer Existenz, daß Frauen Heterosexualität verweigern können und nicht nur darauf angewiesen sein müssen, die unliebsamen Erwartungen des Mannes mit Migräne zu unterlaufen. Es gibt noch immer keine freie Entscheidung darüber, ob eine Frau mit einem Mann zusammen sein will oder nicht, ihr bleibt fast ausschließlich die Ehe, wenn sie nicht verhungern oder in einer Baracke leben oder doppelt arbeiten will. In Italien ist diese Bedingung schärfer als zum Beispiel in der Bundesrepublik. Hier hat es nach dem Zweiten Weltkrieg verschiedene Gelder für Frauen gegeben, die der Staat bezahlt hat und die nicht an eine zweite Arbeit gebunden waren, sondern «Entschädigungen für die Kriegsfolgen» sein sollten. Kriegsfolgen hieß, der «Ernährer» ist nicht mehr da, weil er entweder gefallen oder in Gefangenschaft ist. In Italien gab es so etwas nicht. In Italien wird der Reichtum – in Form von Löhnen und Gehältern – und also auch die gesellschaftliche Macht weiterhin auf höchst männlich-homosexuelle Weise aufgeteilt: unter Männern nämlich. Und nicht einmal alle Männer bekommen Lohn. Italien exportiert Arbeitskräfte, während die Bundesrepublik (wie die DDR) sie importiert. Arbeitsemigration ist auch ein wesentlicher Faktor im Kampf italienischer Frauen gegen die Armut gewesen, und die verschiedenen italienischen Auswanderungswellen nehmen ihren Ausgang in vorangegangenen Kämpfen von Frauen. Frauen sind arm, weil sie grundsätzlich nicht an Lohn kommen, es sei denn um den Preis der zweifachen Arbeit und mangelnder Respektabilität. Aber italienische Frauen sind ärmer als westdeutsche – eine Spaltung, die mit Staatsgrenzen spielt, um die Frauen international ohnmächtig und arm zu halten. Westdeutsche Frauen haben sich mit etwas mehr Geld auch eingehandelt, daß Frauen sich gegenseitig von oben nach unten kontrollieren. Zum Beispiel dadurch, daß alle Arten von Familienförderung durch den Staat auf deutsche Frauen gemünzt werden und ausländischen Frauen vorenthalten bleiben sollen. Um das Kindergeld gab es 1974 heftige Kämpfe von Emigrantenorganisationen; die Ansprüche auf Sozialhilfe, zum Beispiel als alleinstehende Mütter, bringen immer noch das Risiko der Ausweisung mit sich, und bevor man überhaupt Information über zustehende Gelder erhält, muß man schon viel Deutsch können. So werden deutsche und ausländische Frauen gegeneinander ausgespielt.

Die internationale Spaltung setzt sich fort in der Tatsache, daß es in der Bundesrepublik eine heftige Lesbenbewegung gegeben hat und daß es sie in Italien noch immer nicht gibt. Mit Bewegung ist hier nicht die Reihe von Kämpfen gemeint, in denen jede Frau steckt, sondern der autonom organisierte, öffentliche und unübersehbare Ausdruck jener individuellen Kämpfe. Die unterschiedliche Verfassung der beiden Frauenbewegungen hier und dort hängt zusammen mit dem unterschiedlichen Zugang der Frauen zu eigenem Geld: Lesbischsein kostet Geld, weil es die Unabhängigkeit vom Lohn des Mannes voraussetzt oder mit sich bringt und weil zudem die Kompensationen für den alltäglichen Angriff auf das Selbstwertgefühl einer lesbischen Frau nicht eben billig sind. Das soziale Leben von lesbischen Frauen findet weitgehend außerhalb des Gratis-Zusammenhangs Familie statt – es spielt sich an Orten ab, an denen Geld ausgegeben werden muß: in der «Subkultur» der Bars, die allerdings auch Orte sind, wo sich viele verschiedene Frauen treffen und austauschen können.

Auch solche Bars gibt es in Italien fast nicht, da italienische Frauen es sich nicht leisten können, Geld auszugeben. So sind sie wieder angewiesen auf die Familie, die ihr eigentliches «Milieu» ist. In diesem Sinn ist es maßstabgetreu, wenn Maria ihre 45 Seiten mit ihrer Familie teilt: Sie kommt nicht aus dem «Milieu» heraus.

Daß es in Italien eine große Zahl lesbischer Frauen gibt, daß sich Frauen auch innerhalb des Rahmens der Familie Raum für Zärtlichkeiten untereinander geschaffen haben und daß die Verweigerung von Frauen gegenüber Männern im allgemeinen zugenommen hat, zeigt das aggressiver gewordene Verhalten der Männer gegenüber Frauen. Daß lesbische Frauen auch hier wieder verwundbarer sind als andere und daß sie des Schutzes von Frauen bedürfen, die selber ihr bißchen Schutz von Männern beziehen können, das eben hat die italienische Frauenbewegung bis heute nicht zum Ausgangspunkt ihrer Strategie genommen. Es wäre der erste Schritt, um das Stückchen Macht, das Frauen überhaupt erobert haben, fruchtbar zu machen für alle Frauen. Der erste Schritt zur Autonomie der Frauenbewegung: erst dann wäre sie nicht mehr in Gefahr, immer wieder von einer sogenannten «allgemeinen» (= linken Männer-)Bewegung vereinnahmt zu werden.

Um beim «Abfall» zu bleiben: Wenn die Frauenbewegung in Marias Monstrosität als «nicht richtige Frau» ihre eigene

Monstrosität erkennen und sie aufheben würde, dann wäre für Maria der Weg frei, sich nicht nur mit anderen lesbischen Frauen, sondern mit allen anderen weiblichen «Monstern» zusammenzutun, die auch keine richtigen Frauen sind – zum Beispiel mit Prostituierten, schlampigen Hausfrauen, «Rabenmüttern». Sie könnte dann ebenfalls ihre eigenen Kämpfe in denen der anderen wiederfinden, sie wäre nicht mehr allein, nicht mehr angewiesen auf einen untauglichen Bruder wie Marco.

Und sie hätte die Macht zu zeigen, daß sie nicht nur das Nicht-respektiert-Werden, sondern die gesamte Hierarchie von Respektabilität und Nichtrespektabilität «zum Kotzen» findet.

Pieke Biermann
Marina Cattaruzza

Anhang

Anmerkungen der Übersetzerin

12 «Englische Cousinen», «Pom-Pom-Mädchen» und «Rom unter Waffen» sind billige Filme der Sex-and-crime-Welle der letzten fünf Jahre.

46 Piratensender, gemeint ist nicht ein illegal betriebener Sender, sondern eine der unzähligen kleinen Privatstationen, die es dank des offeneren Rundfunkgesetzes in Italien gibt. Ein großer Teil von ihnen wird von ultralinken Gruppen und von der Frauenbewegung betrieben, aber es gibt auch reine Privatsender mit lokaler Ausstrahlung, die vor allem Werbung machen. Ähnliches gilt für das Fernsehen: Es hat in den letzten Jahren einige privat produzierte Video-Sendungen über die gewöhnlichen Fernsehapparate zu empfangen gegeben, in denen einem zum Beispiel der Nachbar vom nächsten Wohnblock zeigte, wie seine Ehegattin einen Striptease für ihn vollführte . . . (vgl. S. 94).

54 Erdbeben im Friaul, bei uns bekannt als das Erdbeben bei Udine im Jahr 1977.

63 Referendum, gemeint ist das vor allem von der Radikalen Partei vorgeschlagene Referendum zur Liberalisierung der Gesetze über Homosexualität 1977.

81 San Gennaro ist der Lokalpatron von Neapel.

85 Vier Schachteln MS sind Zigaretten, unter den billigen nationalen Tabaken sind sie etwas vornehmer im Aussehen und eben viel billiger als Marlboro.

93 Das Lied stammt aus der Schwulenbewegung und heißt im Original:
La checca nel meridione
è considerato uno scandalo per il padrone,
portiamo avanti una lotta dura

che l'alta società definisce lotta dura
sì ma contro natura;
ci sentiamo donne ma non lo siamo nemmeno a metà
e questa è un'altra colpa che ci affibia l'alta società.

100 Standa ist eine relativ preiswerte Kaufhauskette des Vatikans.

Maria Rita Parsi, Tochter aus klerikal-aristokratischem Hause, 1948 in Rom geboren, gelangte nach einem langen Weg des Ausstiegs aus den familiär vorgeprägten Bahnen als Mitbegründerin einer Sozialarbeiter-Kooperative der KPI nach San Basilio. Sie hat Erfahrungen mit Straßentheater und der Ausnutzung von Massenmedien für eine neue Didaktik. In San Basilio arbeitet sie an Marias Schule in dem Projekt eines Foto-Workshops.

Maria Rita Parsi schreibt für verschiedene italienische Pädagogik- und Psychologie-Zeitschriften sowie für *Noi Donne*, das Organ der Frauensektion der KPI (UDI) und für die in Palermo erscheinende Tageszeitung *L'Ora*. Sie arbeitet an einem autobiographischen Roman.

Pieke Biermann, 1950 geboren, seit 1974 in der internationalen Kampagne um Lohn für Hausarbeit (Italien, Deutschland), macht – neben Hausarbeit und dem Kampf dagegen – Übersetzungen, arbeitet an Filmen über Bararbeit und Prostitution mit und schreibt auch selbst. Sie verdient ihren Lebensunterhalt mit einigen (den wenigsten) dieser Tätigkeiten. Pieke Biermann lebt in Berlin.

Marina Cattaruzza, 1950 in Triest geboren, Historikerin, arbeitet zur Zeit in Hamburg in einem Forschungsprojekt «Arbeiterwiderstand und Arbeitsorganisation in der deutschen Schiffbauindustrie». Autorin von *La formazione del proletariato urbano* (Die Entstehung des städtischen Proletariats), Turin, 1979. Seit 1973 in der Internationalen Kampagne um Lohn für Hausarbeit.

Rocco und Antonia

Schweine mit Flügeln

Sex + Politik: Ein Tagebuch

Mit einem Dialog a posteriori von Giaime Pintor und Annalisa Usai

Deutsch von Wolfgang Sebastian Baur

«Es ist wohl kaum nur die wohlerprobte Mischung zwischen Sex und Politik, die dem Buch über das ursprüngliche Zielpublikum, die junge Linke, zu solch durchschlagendem Erfolg verhilft. Es sind Form, Sprache und Inhalt zusammen, die es zu einem außergewöhnlichen Buch machen.»
Neue Zürcher Zeitung

«Frisch, saftig, ehrlich und nützlich. ‹Schweine mit Flügeln› ist handfeste Lebenspraxis und Spaß zugleich.»
Norddeutscher Rundfunk

204 Seiten. Kart.

Andrea, Guido, Marcello und Roberto

Der letzte Mann

Machismus + Feminismus: die Krise der Rolle des Mannes 4 Bekenntnisse

Herausgegeben und mit einem Vorwort
von Marco Lombardo-Radice
Aus dem Italienischen von Wolfgang Sebastian Baur
und Dieter Schwarz

«Marco Lombardo-Radice hat die Bekenntnisse von vier Geschlechtsgenossen zu einem Konfessionsbuch gesammelt. Sympathisch daran ist die Ehrlichkeit der Auseinandersetzung. Sie bieten keine neuen Lösungen an, aber sie sind doch bereit, auch sich selbst zu verändern.»
Österreichischer Rundfunk

192 Seiten. Kart.

Paolo Sollier

Ein Porträt des Fußballspielers als junger Mann

Aus dem Italienischen von Dieter Schwarz

«Ohne sich um Tabus zu kümmern, handelt Sollier über Sport als Geschäft und ‹neues Opium fürs Volk›, über Fans und Funktionäre, über Liebe und Sex, über politische und zwischenmenschliche Beziehungen –
... die Lektüre sei doppelt empfohlen: jenen, die vom Fußball fasziniert sind, wie denen, die ihn ganz und gar nicht lieben.»
Spandauer Volksblatt

158 Seiten. Kart.

Rowohlt

Rita Mae Brown

Rubinroter Dschungel

Aus dem Amerikanischen
von Barbara Scriba-Sethe

«Liebevoll, kühl und witzig zeigt Molly, alias Rita Mae Brown, daß Sexualität der Angelpunkt der Unterdrückung ist. Liebe ohne Rollenverteilung, ohne Machtentfaltung, das ist für sie das Ziel der Revolution.
Es macht großen Spaß, das Buch zu lesen, oft habe ich laut losgelacht. Der Übersetzerin ist es gelungen, den verletzlichen Witz von Rita Mae Browns Sprache zu erhalten.»
Gesine Strempel im RIAS Berlin

255 Seiten. Kart.

Lidia Ravera

Die Zeit totschlagen

Aus dem Italienischen
von Pieke Biermann

«Die Sicht von Lidia Ravera ist nicht eingeengt durch ambitionierte Effekthascherei, sondern konzentriert sich auf die Beobachtungen, die ihrem eigenen Ich und dann in der Rückkoppelung den Erscheinungen ihrer Umwelt gelten.
... es wird etwas von dem Selbstwertgefühl einer Generation deutlich, deren Begeisterungsfähigkeit und moralischer Rigorismus von den sogenannten Sachzwängen und übergeordneten Gesichtspunkten an die Wand gedrückt worden sind.»
Wolf Scheller, Nürnberger Nachrichten

203 Seiten. Kart.